光阴的脚步

智杏红 闫萱宁 著

文心出版社
·郑州·

图书在版编目(CIP)数据

光阴的脚步 / 智杏红，闫萱宁著. — 郑州：文心出版社，2023.1
ISBN 978-7-5510-2727-4

Ⅰ. ①光… Ⅱ. ①智… ②闫… Ⅲ. ①散文集-中国-当代 Ⅳ. ①I267

中国版本图书馆CIP数据核字(2022)第254460号

出　　版	文心出版社
	(地址：郑州市郑东新区祥盛街27号　邮政编码：450016)
发　　行	新华书店
印　　刷	河南省书韵印务有限公司
版　　次	2023年1月第1版
印　　次	2023年1月第1次印刷
开　　本	640毫米×960毫米　1/16
印　　张	23.5
字　　数	370千字
书　　号	ISBN 978-7-5510-2727-4
定　　价	90.00元

如发现印装质量问题　请与印刷厂联系　电话:13323885877

朴素：至真至爱

——智杏红《光阴的脚步》序

王剑冰

一

少君是我多年的朋友。我们一直保持着友好的往来与问候。这天少君说，他有一个嫂子，要将多年的写作集成一书，想让我作个序。少君轻易不开口，开口的事情还不是因为他个人，我自然不能推脱。心里想着，倒是怎样一位作者，会写出怎样的文字？

收到少君传来的《光阴的脚步》的书稿，却是十分惊讶了。书中那种纯然的格调，让人顿生阡陌草绿、山野花开的亲切感。作者智杏红完全沉浸在了爱的激情中，这个爱有亲人之爱、生活之爱、自然之爱、工作之爱。爱会让人健康、快乐、充实、年轻，因爱而产生的文字必也充满信心与活力。她的叙述笔调是自然的，抒发的情怀是质朴的，真实地出于一位女性的真性情、真感情，可谓是心灵于喧嚣中的沉淀，澄澈而素雅，蕴藉而温情。

杏红的文章都不长，属于随感的小短篇，着眼于日常的点点滴滴。有一部分展现的是作者的为人处世之道、旅行赏景之感：从久违的《辽阔的草原》，到心仪的《原味的南方》；从早间的《初品龙井》，到黉夜的《半盏红酒》；从人生中的《邂逅》，到水边鱼儿的《放生》……可谓日月轮回，人生百味，新知旧念，大闻小感，有的情趣横生，景物变换，有的妙言警语，哲思深含。正如杏红所说：心中有情，眼里才有景。

带着欣赏之心投入友情，怀揣感恩之情面对过往，抱有美好之望行走山河，如何不能收获应该收获的，得到必然得到的呢？每一次真切的领略与观察、细微的接触与感觉，杏红都一一输入自己的笔端，哪怕是看到一片叶子、进行一次晨跑、买了一回瓜果、保养一下车子，都有话要说，不是说得空虚，而是说得实在。这是一种不自觉的自觉，是一种蓦然回首的快意。

这种写作状态，会让人感觉作者没有走多少弯路，就直达家门。实际上里面渗透着作者坚实的执着，执着中有一条开满鲜花的小路，在这条小路上，她不停地撒播点种，徜徉收获。

二

能够感觉到，杏红的文学功底，有着先天的聪慧与后天的积蓄。这种积蓄或从小时候看着父亲写春联就开始了，文化的渗透力是强劲而不自知的。为了引导孩子，平时的多读多看，也无形中添补了个人的文学养分，拓展了自己观察事物、认识世界的格局。

那些有质有感的文字，若将其排列起来，就是一个个阶梯，一直通向一个制高点。

"今夜有没有月亮，其实月亮都在那里，也可以在你心里，只要你愿意。"（《十五的月亮十六圆》）月亮透出来人的心境，那心境也必然是明镜一般，所以才会出现同心相照的语言。没有刻意，却带有了经典的意味。

"时光是那么悠长，有时感觉它就像一口深深的井，而我坐在井里，有遁世的逍遥，也有一丝无所依凭的惶惑。"（《静修的日子》）这种感觉，不加修饰，朴素而真实。

"山河不言，却愈显厚重。这黄河，少说也有一万年了吧，在永恒的时空里奔流不息，滚滚向东，虽有改道，却终有踪迹可寻。人不在的时候，它已经在了。人来了，在它的身边聚集、生息、离散。人不知走向何处，而它依然自顾东流。"（《山的那边》）此种描写带有一种宏阔的大气。只有人的心胸辽阔，才能展现出视野中的美好，展现出由这美好得到的馈赠，而文字也就浪花翻涌。

其实，一直陪着杏红的，不只是家庭和女儿，还有那个了不起的自己。打磨孩子的过程，也打磨了自己，使之更真实、更充实。看这些描写：

"前些天的迎春、梅花、樱花，已收起彩色的花云，在湿润的风中静静散发着各自的绿色；那些一直酣睡的光秃着枝干的各色树木，仿佛蓄积了足够的能量，正趁着春雨的滋润，争先恐后地长出叶子，并将叶片长得更大更厚更绿，让你仿佛走入了《绿野仙踪》的翡翠世界。"（《春雨一日》）

还有："月亮不知何时已升上天空，月华映衬着蓝蓝的天幕，让人的心情也随之开朗。褪尽叶子的树木将枝条伸向空中，形成美丽的剪影。地上，月光与树影组成的画面更朦胧也更诗意。在这样的境遇，思绪灵动，往昔与未来总是与当下不期而遇，在明月与清风温柔的陪伴里，生出一些感慨、一些期待、一些柔情。"（《明月蓝天》）

这些文字说明，一个人的意义在于他怀着怎样的心情去看他所看到的一切。悲苦之心，眼前总是灰色黯淡的；明快之态，看到的便是舒朗祥和。没有谁的时光一直是七彩的，关键是承受力与认知力，更关键的是支撑力。我想，杏红的支撑力便是前面所说的爱的感恩、爱的陪伴、爱的信念。这使她总是葆有一颗平常心，永远相信阳光会在前方亮起。

三

我把更多的关注放在了杏红的生活随感上。这些文字纷纷扬扬、潇潇洒洒，竟然有数十篇之多，积攒下来就像一片片叶子、一根根枝杈，组成一棵纷繁的大树。比如《亲情，回望来处》中的《梅香》《我怎能说母亲不细腻》《又到春分》《三年记》《那套睡衣》《2017年的母亲节》《2019年的母亲节》《木瓜》《回忆如潮》《二姐》《我们在一起》，有写父母亲情的，有写姊妹情感的，有写母女之情的，见出感情的细腻及所述的细致。

尤其是杏红对于母亲的情感，海一般深沉。在失去母亲的那些年里，杏红写出了一篇篇怀念母亲的文字，她总觉得母亲没有走，母亲"从不曾离开我，因为她只是换了住的地方，住到了我的心里，住在我举目四望的任何地方，住在我喜怒哀乐的晨晨昏昏里"（《2017年的母亲节》）。这以泪洇湿的文字，包含着怎样的刻骨铭心，怎样的生死相依。还有："趁着晨星，趁着晓月，望着那一树繁花，我又一次泪眼模糊。人生如花开般短暂，每一个女子，包括您在内，谁不曾怒放过，而又有谁能逃脱凋落？是的，彼时彼刻，我第一次把您和一树花开联系在一起，我为这样的联想又一次潸然泪下。您在的日子给孩子们的感觉都是充实而具体的，是家常饭、粗布衣，从不曾有浪漫的元素。您不在了，我才发现您也曾拥有过如花的美丽！"这是《又到春分》中的一段。花与人生，花同女人的联想，尤其是联想到母亲，让人心颤。读到"您走了，我忽然感觉自己成了孤儿"，还有结尾那发自肺腑的呼唤"一年了，春分又至，我那亲爱的娘，您，可曾闻到花香？"，让人不由得泪水盈眶。真的，每个人都有母亲，有母亲的日子即使是苦，也觉得十分甜蜜、安心，没有了母亲，到哪里再去叫一声娘？

还有《那套睡衣》，也写得真挚细腻，充满温馨与回味。多年前杏红遇到一套一眼就喜欢的睡衣，首先就想到了母亲，想起母亲日日辛苦，就想买这套衣服送给她，又想起母亲总是俭省，不愿多花钱，怕买了让病中的她不高兴。过了两三年，无意间在外地出差又偶遇了这套睡衣，而且是打五折处理，这才毫不犹豫地买下同款同号的两套，一套送给了母亲，一套留给自己。母亲也很喜欢，经常穿在身上。而到后来，"妈妈走了，把这套衣服也永远地带走了。没有父母的孩子，仿佛忽然间对季节的冷热更敏感起来"。她总是不舍这件睡衣，总是穿在身上，出差也会放在箱子里，即使旧了也不忍丢弃，而是把一件丝质上衣剪开，补在了睡衣的背部。这些描述很真实，个中的感念浸在其中。

杏红写道："其实，我有多款睡衣，都比这一款更漂亮或更舒服，然而这套睡衣不仅是朴实无华的代表，更代表着一段较长生命历程的陪伴，记载着我往昔的苦乐和奋斗，记载着我和妈妈共度的温馨岁月。"睡衣上带有母亲的温情、母亲的教诲、母亲的品质，不忍割舍的丝丝缕缕，是朴素的情怀和在意。

四

杏红是一个热爱生活的人，我们能感觉到她对父母、对女儿、对家庭的那份责任。她时时刻刻都把母亲和女儿照料得很好。对母亲病情的担心，对女儿学习的操心，都见出一个女儿、一个母亲的责任。这是这个社会女性的担当，也是女性的伟大。做了母亲的自己感同身受，将母亲给自己的爱移到了女儿身上。不求回报的付出，真心真意、无怨无悔，让那爱几近神圣化。

对女儿的爱，可以说从襁褓开始，直到进入大学，都无微不至，用心良苦。《孩子，上天的恩赐》《陪伴，长情的告白》几个小辑为我们展现出一部鲜活细腻的亲子史,小到女儿的一次头疼脑热、一件应加的衣物、一次情绪的微妙变化、一次数学成绩的偶尔掉队,大到女儿的测试、升级、考学,每时每刻,历历在目。

"暮色升起时,到了放学时间,去学校门口和她见一面,听听她说些什么,大致也了解了她整个下午的学习情况。在半个小时的时间内带她喝杯热饮或者去附近的宠物店看一眼,她便满心欢喜,顺便问问她晚自习干什么,放学后干什么,以最平常的语气给些建议,能做的也只有这些了。"(《静修的日子》)呵护盈满了母爱的温馨,哪怕只是一个下午,这种温馨也从不缺席。

在孩子还不太大的时候,这位妈妈就成了孩子的好伙伴,"我俩勾肩搭背,随意聊着唱着,没太觉得自己还是个长辈"。孩子的小肩膀在搂抱中将自己的胳膊一次次向上顶起,就感觉要对一天天长大的孩子,多交代几句了:"妞妞啊,以后不管你在哪里,不管和谁相处,你可以尊重别人、真心爱别人,但都不要迷失自己,你才是你自己的终极依靠。不管别人是爱你恨你或无视你,这些都不足以影响你的心情。"(《天书》)近乎自言自语的话,让走得正欢的孩子以为说的是天书,听不大懂呢。

甚至是女儿的一双"很酷、很有个性"的运动鞋,这位妈妈也不忍心送到擦鞋店去，要自己细心地洗刷。妈妈这时的神态一定是平和的、温柔的。爱屋及乌的意识里，望着一双鞋子都觉得那般亲切："女儿的鞋子晒在阳光里，雪白与漆黑结合得那么巧妙，静默中带着动感，就像它的小主人，平日里脚步轻快而又自信，头颅始终昂得高高的……"（《刷鞋》）

这份母爱，使得杏红总是手机不离手，因为远在省城求学的孩子，最有可能这时候打来电话。（《悄悄话》）果然就会有铃声响起，这个时候无论做什么，都要放下来，先接孩子的电话。正在成长中的孩子，时刻都需要妈妈的解惑或慰藉。而手机铃声响起时，妈妈的内心是欣喜的，又是不安的，欣喜是母爱的自然，不安是时时都怕孩子遇到什么问题。

孩子进入初中阶段，妈妈更是与逐渐长大的孩子开始了新的磨合期，而且有了自己的心思，甚至有了一种不自信："对她的学习我是否干涉得多了点？我是否真正了解她内心的感受？如果我的言行有些粗暴，是否会影响她的学习自信和兴趣？"（《眼耳口手》）虽然是怕她走弯路，怕她受挫折，却前后左右折磨的都是自己，暗自里会感到心情难受。"诸多灰色的情绪缠箍着我的心。焦急、挫败、顾虑，似乎还不止这些，还有许多没有成形、无法言说的灰色，它们让我的心里特别难受，让我的神情拒人千里。"

水能性澹为吾友,竹解心虚是我师。为人母亦为人师,教导孩子也需自身清净空直,所以我们能够感到杏红的养心、养性。她也是不断检视自己,时刻更正自己,提高个人的软实力,怀抱一束馨香,同孩子走在一条直线上。

这么多年,杏红心思缜密地点播着感情的种子,那些种子,有的会瞬间发芽,有的却要深埋多年才被认知,但是她始终都怀有坚定的信念。就此送走一个个春花秋月,也送走了自己的青春韶华。直到孩子一点点沿着母爱的视线早已走远,那闪烁着的爱的目光,却一直没有收回来。

五

帕斯卡说,给时光以生命,而不是给生命以时光。相夫教子之余,杏红一次次打开内心,将一行行文字种下,让每一刻都有了生命的意义。虽说不是专意在文学的田园奋力耕耘,却也在自己的房前屋后,种瓜得瓜、种豆得豆,既收获了女儿的成就,又收获了独有的文字。

而女儿闫萱宁也没有辜负母亲的期望,考上了重点大学,并且在大学里如鱼得水,不但完全适应了大学的学习和生活，而且积极参与学校的各类活动，还成了文体尖子，成为社会实践的积极响应者，且取得不错的成果。这一切或都有母亲的影子，有朝霞夕晖的影响。

那么，这部集子的后面，加入了萱宁的 20 篇习作。这些习作有的是她在小学阶段写的日记体作文，有的是中学校园写就的心得感知，从中可以看出萱宁从八岁起就有了写作的良好基础，并且一步一个脚印，一年一个变化，有了阶梯样进步，能够知晓人情，明白事理。

从上中学开始，萱宁关注越发广泛，视野更加宽阔，文字也变得鲜活灵动，舒展自如，见出积累，见出思索，见出真诚。如 13 岁写的《我的同桌殷先生》，14 岁写的《如果我是你》，15 岁写的《仰望星空》，16 岁写的《素月海棠》等，都有超于同龄人的文字表达及思想能力，这是难能可贵的。只是还没有高中阶段及进入大学后的所历所感，所念所思。估计高中阶段功课太紧，而刚进入大学，忙乱中还没有步入正轨。

杏红决定把女儿萱宁的习作收入集子，倒是难得的另一份母爱。也是正好，因为杏红大部分所写都在女儿身上，所释放的母爱得到了回报，两人的文字合在一起，既是一种互应、一种合璧，也是一种纪念，纪念曾经的一段值得记忆、值得回忆的时光。由此，也透显出爱的双面，让人看到春风化雨，看到夏露凝香。

无论是杏红，还是萱宁，回望来处，不仅有温馨的亲情，也有温馨的自己，或许会偷偷地感动一回。

我们说，一个作家的能力，不在于他的文字的多少，而在于他的文字的精致与否。选入书中的杏红和萱宁的作品，不是一年两年的积累，而是十数年的用心。那么，恰证明了一点，写作不是功利，而是芳萱蔓延、溪水涓流，完全的放任与自然，朴素的自然。庄子说，朴素而天下莫能与之争美。他说的是大概念，也是小概念，人的朴素，文的朴素，清新和简单，至真而至善，蕴含了无数积淀与感人的力量。

我们喜欢杏红及萱宁的朴素纯然，也希望她们将这份朴素与纯然持续下去。

（王剑冰，中国散文学会副会长，河南省散文学会会长）

目 录

遇见,珍惜的记忆

一棵花树 / 3

阿莲姐姐 / 5

耳畔的吉他声 / 8

光阴的脚步 / 11

端午的思念 / 13

像鸟儿划过天际 / 18

邂逅 / 21

清谈 / 24

放生 / 27

愉快的上午 / 29

清新的味道 / 32

深夜相送 / 35

不如欣赏 / 37

旅行，心灵或身体在路上

辽阔的草原 / 41

溶化的月亮 / 44

婺源，最美的乡村 / 47

天鹅湖 / 50

边陲的彩虹 / 54

广州之行 / 56

偶园随想 / 58

春游陆浑 / 62

原味的南方 / 66

春天的绿 / 69

小满 / 71

风物，一枝一叶总关情

落叶 / 77

晚风 / 79

秋 / 83

又见星空 / 87

半盏红酒 / 90

初品龙井 / 92

邂逅月光 / 96

健步如飞 / 99

昨夜风／101

山的那边／103

美丽的椿树／106

我的风信子／109

小小橄榄／111

浪漫巧克力／114

冬季到台北来看雨／116

十五的月亮十六圆／118

心情如风／120

花香袅袅／123

用脚丈量／128

山中一日／131

端午散记／134

亲情，回望来处

梅香／141

又到春分／144

三年记／147

端午印象／150

那套睡衣／153

姜丝红萝卜／158

2017年的母亲节／161

2019年的母亲节／163

聚散／166

木瓜／169

回忆如潮／172

二姐／177

我们在一起／180

怀念／184

雨里桐花／186

孩子，上天的恩赐

抱抱／191

心动瞬间／193

你没有让我失望／196

美人蕉开花了／198

静听花开的声音／200

春雨一日／203

明月蓝天／206

忙碌的清晨／209

滑板少年／212

与孩子一起成长——在五年级家长会上的发言／214

大妞的文字之一：
　　越来越近 / 220
大妞的文字之二：
　　分别 / 223
吹泡泡 / 226
甜甜的柿子 / 227
喧闹的超市 / 229
幸运饺子 / 231
节日的商场 / 233
采枫叶 / 235
童年趣事 / 237
快乐时光 / 239
心里的路 / 241
写给爸爸妈妈的信 / 243
晨风中的兰 / 245
扶贫下乡 / 247
打开心扉 / 250
我的同桌殷先生 / 253
触动心灵的风景 / 256
如果我是你 / 258
历练 / 260
仰望星空 / 263

余味 / 266

素月海棠 / 269

陪伴，长情的告白

天书 / 273

有感滨河路 / 276

初二年级的一天 / 278

两个西瓜 / 283

"月二" / 286

悄悄话 / 289

忧思如缕 / 292

不如释然 / 295

周末记事 / 298

岁月如羽 / 303

学校门前的路叫什么 / 307

眼耳口手 / 309

风雨中抬起头 / 312

白雨跳珠乱入船 / 315

保持欢喜 / 317

明媚 / 321

开学了 / 327

让它随风 / 329

坦荡荡 / 331

静修的日子 / 334

刷鞋 / 337

微笑与歌 / 340

昨夜闲潭梦落花 / 343

纱窗上的晨曦 / 346

好的开端 / 349

跋 / 352

遇见，珍惜的记忆

一棵花树

晨曦从车窗而入，唤醒昏睡的我。坐了一夜的火车，像睡在一个大摇篮里，又像睡在万里波涛上，有许多新奇，也有许多不安稳。

火车不知疲倦地前行，我在颠簸中半睡半醒。睡铺一米之外的窗前，不知何时飘然而至一个清秀的女子。她面窗而立，长发梳成了马尾，淡紫色的碎花长裙，勾勒出苗条的身材。她在窗前坐下，我从侧面看到她的容颜，弯眉细眼，给人恬静清新的感觉。

我的上铺应该睡着一个女孩儿，因为有黑黑的长发从枕头边垂下。迷迷糊糊间，看到列车员过来换票，叫醒要下车的旅客。窗前的女子不知何时已站在我的铺位前，轻声唤着睡在我上铺的人。

她的声音特别轻，耳语般唤着一个名字，也许不奏效，还加上了手的动作，轻轻地推着。我在正下方看着她，她的嘴咧开，似乎在唤醒的行为里一直笑着，露着洁白的牙齿。

她从我的上铺抱下一个10岁左右的女孩儿，在窗前站定。小女孩儿不睁眼，双手环抱着女子的腰，将脸贴在她的身上。女子说再有20分钟就要下车了，女孩儿闭着眼说那你19分钟后再叫醒我也行啊。女子不知何时手里已拿了一把梳子，熟练地把女孩儿的头发梳通，用一个橡皮筋扎住，还在她的刘海儿处别了一个好看的发卡。

女子再一次在窗前坐下，膝上坐着女孩儿。女孩儿健康圆润，放心地依偎着她，她们只留给我温馨的侧影。

火车在减速，慢慢停下来，女子拿了窗前小桌上的行李，牵着女孩儿的手走了。

车窗外的风景哗哗转换，没有了那女子纤细的身影。

我有点怅然若失，怀念起她的恬静、温柔。再次想起她站在窗前的样子，俨然一棵静静开花的树。

阿莲姐姐

百年前阿莲的父母挣脱媒妁之言，瞒着家人去到上海，成就了一段爱情传奇，却不得不与双方的家庭分离，这是阿莲的父母的爱情故事。阿莲美丽的大眼睛，活泼可爱的性格应该是父母爱情美满的证明。家乡亲人始终在阿莲父母的心里、梦里，他们也将一份萍踪天涯的思乡之情遗传给了孩子们。当父母走完自己的生命历程，当儿女历经周折终于找到江苏老家，终于在家谱里看到祖父母和父母的名字时，他们号啕大哭，因为到家了。父母被家族接纳，如果他们泉下有知，漂泊的心可以安稳了。

但阿莲的心似乎还没有完全安稳：我们从哪里来？我们的大家庭里还有谁？于是她开始了多年的行走。

我们这一姓氏在数部重要史籍上有记载。《史记》《战国策》《资治通鉴》均记载有侠客豫让的故事，他为了报答主人的知遇之恩，自毁容貌，甚至不惜吞炭失声来刺杀赵襄子，自此"士为知己者死"的佳话流传千年。而那个让豫让不惜肝脑涂地的人就是我们这一姓氏的先祖——春秋时期晋国大夫智伯。风云变幻，我们这一族显赫过，也没落过，数千年来，同姓本家星散各地，全国不足十万人。山西是我们的发祥地。阿莲寻根到此，当山西土炕上行动不便的老人挣扎着起来要给远道而来的阿莲施礼时，她想起了父亲，想到父亲如果此刻在场会是怎样的心情。当发现或者邂逅寥若晨星的同姓氏名人时，她同样想起了父亲。在她的讲述里，那些同姓的本家总是一次又一次地让她想起自己的父亲。同样，在她的讲述里，我开始认同她的那份寻祖寻根的情结。

人原本是孤独的，匆匆一世，尚不奢望别人对自己有多好，何况寻根寻祖，太过遥远。对于寻根问祖我本是这样的看法，然而还是被她的虔诚与执着感动。

阿莲是上海人，有美满的家庭，同时打理着两家公司，却一次又一次开始说走就走的旅行。这一次她远道而来，是应邀参加我的老家所在村子的家谱修缮完成的庆祝活动。

她有着充沛的活力，明亮的眼神，富有感染力的语言。和她在一起，你做不到无动于衷。正是因为有一大批像她这样热心的本家人在奔走，才让全国的同姓人得以联谊，共同追思远祖、交流历代乃至当下本家人的故事和生活。

　　她虽然60岁有余,但看上去像极了年轻人。我挽起她的手,叫她阿莲姐姐。她,欣然应允。

耳畔的吉他声

冬日，难得的晴明。在天高地阔、日暖风和里漫步。麦苗如茵，柳条鹅黄，白杨树将裸露的白色枝干伸向湛蓝的天空。

水面有白色大鸟掠过又返回，忽然又扇动着修长的翅膀划过天空，飞向河的对岸，优雅与洒脱让人神往。

于是有一群人也去了河的对岸，那里是另一个行政区域。桥头的榆木家具厂依然在，家具依然细腻而温润，生产与经营却换了篇章。

有个同学就住在附近，上个月还有电话联系。同学间总是直呼名字，可以多少年不见面，却从来无须客套，有事说事、说事办事，少了违心的恭维和世俗的热络。

要不要给她打一个电话？经年累月的工作，身疲心累，她却还跨专业做了一方教育局的一把手，庞大的教师队伍，十年树木百年树人的不易，她应该比我还忙吧？她是当年睡在我上铺的"兄弟"，温雅可爱，还真有点想她了。

纠结之中电话还是打了过去，她的真诚和热情瞬间感染了我。她的语气仍如少女般温柔，她说某某某也说好多年没见我了，确实应该聚一聚，接着便规划在哪里见面，通知哪些同学或邀请当地哪些朋友。她的话语里传递出的夫妻和睦及社交能力让我有些惭愧。

她说的某某某是她当年的男朋友，也是她现在的丈夫，他还记得我，这让我不禁莞尔。我想起当年的情景：他总是在周末傍晚来宿舍找她，总是坐着下铺的我的床。他们一个弹吉他，一个笑眯眯。而我有时候客客气气，有时候也会装作不耐烦说要睡觉把他们轰走。现在想起来，我为当年自己的生硬有点不好意思。记忆之门打开一条缝，定格在他抚琴的专注和她端坐一旁的安静。在悠扬的吉他声里，他们享受着爱情……毕业后，据说他们是最早结婚的一对，早早有了儿子，丈夫事业通达，她岁月静好地上着班，换过几次单位，后在教育局一待数年。感觉她应该是做了一把手，却从不曾问，她也从没有说，直到被一个偶然的事件证实，而我们彼此依然没有说起。

是一以贯之的琴瑟和谐，促成她完好保存了年轻时代的单纯热情。在繁忙的当下，他们的生活里是否还有浪漫的吉他之声？我想应该有，也希望真的有……

电话那头她的热情融化着我，可我依然是有些疏离的状态，同行的人多，我行程上尚有别的打算，最终还是婉拒了那份真诚的邀请。过意不去，信誓旦旦地表示近期一定见面。

一群人，风一般自由，逛了想去的地方，吃了想吃的美食，说笑着兴尽而归。想起《论语》里那句"咏而归"，说的是某日众弟子在孔子面前各言其志，曾皙说他的志向是在暮春时节，换上春衫，约五六个成年人、六七个少年，一起到城西的沂水中沐浴。然后，到城里的舞雩台上吹风，最后唱着歌，兴尽而归。夫子悠然神往，喟然叹曰：曾点的想法正合我意啊。咏而归，那一份洒脱和轻松，我们今天也有。

可我的耳边，竟然隐隐约约响起吉他声，带着温暖，带着美好，在回来的路上，在安坐的桌前……

灯下，练练毛笔字，把双手捂在干涩的双眼上，四周是安静的，那吉他声更显得清晰。拿开手，毛边纸的米字格，在沉静的夜里，如阡陌纵横的生活，也像极了我的心情，只是耳边的吉他声愈加清晰，带着属于青春的记忆，是那样美好，那样温暖。

光阴的脚步

周末去外地参加了一对海归夫妇的婚礼。草坪、鲜花、西餐，风华正茂的新人，每个细节都堪称完美。我是看着新郎从懵懂少年一路成长起来的，成为今天的精英模样，我在心里对自己说：感谢时间，感谢生活赐予的磨炼与美好。

于朝阳中出发，次日暮色里返回，千余公里的去与回，这期间是车窗外掠过的万千秋景与一场完美婚礼中的绮丽风光，身体有淡淡的倦，心中是微微的满。

家里很安静，女儿已经去学校了。高二数学最难，不知上周和这个周末，她学习得怎么样，不由得为她捏一把汗。于是在倦与满之上，忧虑如丝，在心中轻轻飘摇。

趁着坐车的间隙，给老师发一条消息想了解一下女儿的学习情况，老师的回复出乎意料地快，而且对孩子的学习情况说得客观又细致，这些同样出乎我的意料。一番详细的沟通，终于眉目舒展，担忧消失，信心增加。抬眼望天，发现淡淡的晨曦已化作金色的彩霞，映照着远远近近的山河林木，天空是那样高远，风景是那样秀丽。

　　光阴的脚步总是匆匆。参加婚礼前的那个下午，阳光从硕大的西窗照进新房，满室生辉。寒暄数语，新人故交握手欢谈，语气里都是友善与祝福。心渐渐平静，忽然发现阳光在这短短的几分钟内已褪去了光芒，室内依然明亮但是不再给人耀眼的感觉。

　　返程的高铁上，阳光曾热烈地照着昏睡的我，虽有不适，但我也懒得动，因为我知道，它很快就会将光耀移至别处，就让我从容接受它赋予的光和热吧，事实也正如此，阳光很快就移开了。

　　今日晨曦里，我再一次感受到光阴的脚步，感受到天际从一丝微明到朝霞满天再到红日当空的匆匆。

　　每一寸光阴，都有它的美好……

端午的思念

一

年年端午，邻居边阿姨都会在自家的门前插上几棵艾草，也总是帮我在大门上插几棵。端午的艾香，让我想起与边阿姨十年为邻的温暖的点点滴滴。

小时候，我家的大门是砖墙瓦顶的门楼，斑驳的黑漆大门两边的砖缝里，分别钉了一个小钉子，用于春节时挂柏树枝、端午时挂艾草。妈妈虽然总是忙碌，但这两件事却从不曾忘记。后来我上学、成家，这两种习俗也淡淡留在了记忆里。当我无意间发现边阿姨为我插的艾，遥远的记忆被唤回，边阿姨带给我的温暖同我对母亲的思念混合在一起，就像艾草的香味一般清新而绵长。

二

边阿姨半年前去世了，享年 86 岁。我清楚地记得，在我得到这个迟来的消息时心里的酸楚，那是一颗因为年深日久而淡然的心，少有的被刺痛的感觉。我也清楚地感受着，在这之后每次想起她，心里依然是清晰的伤感。

其实，相邻十年，与边阿姨的交往并不密切。她和她的先生是易中天笔下的"秋天的诗"，而我是脚步匆匆有时候还会焦头烂额的奔波的中年人。然而，也许是每次匆匆来去时，边阿姨守望的关切的目光；也许是偶尔忘带钥匙时，坐在阿姨的沙发上听她缓缓说些只言片语；也许是孩子小的时候晚上洗衣服太多，敲开边阿姨的门，把第二天要穿的衣服搭在她家的暖气片上，边阿姨的理解与配合；也许是没有吃上饭时边阿姨轻轻端来的美味的饭菜……噢，其实同边阿姨的交往还真的不少。

三

边阿姨是东北人，解放初期随丈夫来到洛阳，投入一拖东方红大厂的火热建设中。

她说自己深受没有文化的苦，所以对他们的三个女儿的教育特别重视，孩子也一个个学有所成：大女儿做了小学校长，二女儿是大学教授，三女儿读到了博士。这个成绩应该足以让边阿姨欣慰，但是物资匮乏的年代，在城市抚养三个孩子应该是很不容易的。这一点儿边阿姨没有多说，只说起老三公派留学那会儿，她因为心急曾一夜失明，后来当然是治好了。她看似无意地说着，可我分明体会到一个母亲对孩子殚精竭虑的付出，敬意油然而生。

闲聊中边阿姨还会说起以前的邻居，聊起他们之间发生的故事，充满温情与趣味。那是一拖规模很大的生活区，清一色的俄式红砖板楼，据说现在已申请非遗。

边阿姨虽然高龄，但是思路清晰，通晓人情世故，听她说话，感觉就像是在和同龄人交流一样轻松。

边阿姨慈爱，说起孙子辈儿如数家珍，诸如老二的大儿子从英国留学回来在北京上了班，老三的大女儿在澳洲学业进步啦，等等。她还说起东北的老家，说起哥哥的儿子、孙子，说起她每年会给他们寄去2000元钱。我的孩子淘气弄湿了衣服，她会从自家箱子里翻出孙子孙女小时候的衣服帮她们换上。我的母亲住院，80多岁的她与老伴搭许多站公交车去探望，顺便带着她亲手做的食物……

四

边阿姨的先生是一拖的技术干部。温和，话不多，日日锻炼。

在平静的岁月里，我常常看到他们两人在阳光下下跳棋。我要是偶尔去和边阿姨说话，会看到叔叔有时在厨房忙活，有时在书房伏案写作。

叔叔用四个月写了一本自传，自己印了几百本，还送我了一本。淡蓝的封面上有一枝梅花。惊喜之余我仔细拜读，原来叔叔小时候曾生活在日本统治下的伪满洲国，有过与都德《最后一课》里小弗郎士类似的经历，更有激情投入到新中国建设中的峥嵘岁月。也是从这本书里，我得知了洛阳市区著名的中州大道始建于1950年，是连接市区与一拖厂等重工业基地的要道。看来每个老年人，都是一部长篇小说啊。

有一次，叔叔邀请了旧日同事在家修煤气灶，灶子被拆解，工具一字排开，那阵势，很有些工厂车间的气派。

边阿姨说工作时叔叔很少顾及家务，但在吃上却从来不"独"，即使是在经济严重困难的1960年，有什么吃的，一定会和她分享。

五

依稀记得和边阿姨的第一次见面。当我第一次打开那个即将成为我的家的毛坯房子，正惊喜于窗外缓缓流过的洛河，这时候边阿姨走了进来。

记不起她是穿了蓝色的丝绸衣服，还是蓝色的丝绸鞋子，只记得她个子高高的，皮肤白白的，说话轻轻的。

从那时起，飘飘柔柔如丝绸一般，就是她留在我心里的感觉。

祝她在天国平安。

像鸟儿划过天际

清晨外出散步,王兰忽然听到"每次走过这间咖啡屋"的歌声,不觉心中一动。这首流行于 20 多年前的歌曲,被歌手张蔷唱得热情奔放又五彩缤纷,带着青春的多情与任性。今天听到,却是另一女子演唱的,唱得温柔舒缓。同一首歌,不同的演唱不同的味道,是人们的审美变了,还是心情变了?

这首歌对于王兰有着特殊的意义。遥想当年,他嘹亮的口哨声吸引了她,在如梦的青春里,在浩瀚书海的跋涉里,在朦胧与新奇之间,他们互相欣赏和鼓励。他口哨吹得极好,吹得最拿手的就是这首《走过咖啡屋》,那嘹亮的口哨声和欢快的旋律曾多少次划破午后宁静的校园,又多少次点亮下课后学子欢欣的心情。

如季节的风过,王兰与他后来都有了各自的生活,甚至没有了联系,虽然有美好的记忆在。一次偶然,王兰得知他身体不好,偶然的机会她与他重逢,她执意要看他所说的保存完好的往来信件。看着自己 20 多年前的文字，王兰笑了，那是他们单纯清澈而又多愁善感的青春。他已然没有了她记忆中的帅气，瘦削的身板承载着坚强的生存意志，他病了。她淡淡地笑着转身，他却哭了。她走出老远，他还站在原地，她能从熙熙攘攘的行人中分辨出他的身形来。

他寄来了家乡特产，心情复杂的她始终不曾打开。有过两次短信联系，她读出正三期化疗的他的不舍与挣扎，她只能说些笑话来缓解他的紧张。日日纷乱忙碌着，仿佛过了很长时间，那天下午，她摘录一段文字发给他，竟无回音，第二天也没有，此后一直没有，她知道，不会再有了……

宽阔的马路上，行人不多。不远处有放鞭炮的痕迹，殷红的鞭炮碎屑如玫瑰花瓣洒落一地，被飞驰而过的汽车一次次冲击、扩散，在马路上呈蔓延之势，有些壮观。她知道在这里放鞭炮的，大都是为了一个仪式，比如经历过什么事故的车子，将点燃的脆响的鞭炮绕车一周，为的是去晦气，好开始新的里程。

是的，许多人的相遇或分离，许多事的开始或结束，有个仪式最好，因为生活里总有开始与结束，比如王兰与他的故事。今晨的《走过咖啡屋》与公路上扩散数十米长的鲜红的纸屑同时入了她的眼，也是一个仪式吗？如果是，那这就是一段记忆流散的仪式。

小鸟在空中集散,路边的木槿花正渐次开放。

人生的一些际遇,就像那鸟儿划过天际,之后,又了然无痕。

邂 逅

昨天与朋友在植物园散步，不期遇见认识多年却又许久不见的她。

我和她十多年前就认识，她精力充沛、自信满满、伶牙俐齿，又多少有点特立独行，引起周围人不少争议。一次她工作变动后，就在我的视线中消失了。

半年前见过一次，是在一个饭局上。寒暄几句，说一些赞美对方的话。可事实上她胖了一些，依稀有往日的影子，却多少有些憔悴。

这次见面她却让我耳目一新：头发很顺，脸很滋润，白色棉衣搭配咖啡色的裤子、同色系的皮鞋，透出精致，粉红色的丝巾装点出一抹温柔和娇羞。远看，我还以为是个摩登小美女呢。

三个女子缓缓地散步。她的言谈有些另类，有些市井味儿，语速挺快，有点冲劲儿。我内心不是很接受，只是礼貌性地闲聊着。多年没有往来，本身就说明是一般的熟人，平和友善是唯一的态度。

岔路口，她提议走另一条小路，说去梅苑看看。多年来多次来植物园散步，第一次听说还有这么个所在。我俩跟了她来到一片梅树林，与周围其他树一样，这里的树都是还处在冬天、尚未发芽的树。她问：你们闻到花香了吗？经她一提醒，我们还真闻到了淡淡的花的清香。越走近，香味儿越清晰、浓郁。来到树旁，在暮色里，我看到粗壮的树枝上，还真开着零星的樱桃大小的黄色花朵，让人惊奇。在南方多次看到过梅花，大都开得绚丽烂漫，不期在家门口就有这么含蓄的梅花、这么清芬的花香……忽然间，我的眼神里多了许多对她的欣赏。

走累了，在健身器材广场边停下来，她竟邀我们一起玩起了跷跷板。坐在那一头的她说着电视剧里的情节，我和另一位在这边附和着，悠然而和谐。满眼的绿树、清洁的天幕，在一上一下之间也跟着晃动，带来奇特的感受。原来，玩跷跷板不是孩子们的专利啊。

梅香、跷跷板，是今天的发现，且是在她的引领下令人欣喜的意外发现。就像与她，认识多年之后，才发现她也有别样的发现美的眼光一样。

平淡的相逢，因为心情的转变而生动起来，谈兴渐起，她自然地把胳膊搭在我的肩上，我的感觉也是愉快而接纳的。

每个人的内心都有精致之处。时时以欣赏之心,去邂逅意料之中以及意料之外的美丽吧。

清　　谈

　　曾经是闺密又相忘于江湖，是多年同事间会有的现象。

　　阳光很好，心情不错，正于案头忙活，电话响了，她要来坐坐。来就来吧，聊聊也行。虽说可以每天见面，上次聊天却已是数月之前。

　　几句寒暄，她说起一个朋友的去世，31岁，两次婚姻，留下偌大的工厂和两个可怜的孩子，小的才刚三个月。我们不禁唏嘘，叹世事无常，也叹人为的折腾。

　　当年她以一个学生妹的形象走入我的视线，我清楚地记得她第一天上班的情景：戴近视镜、梳小马尾、抱几本书，半仰着头从大厅走过，一副清高或我行我素的样子。因为都爱看书，我们两个人走近许多。关上屋门清谈，偶尔也是有的。有时碰出火花，有时被对方引入胜境，有时也争论，争到发誓永不再见，而后不知怎的又聚到一起。

　　时光匆匆二十年，她依然漂亮，婚恋生子而今又单身。奔波中谁的心里没有难处？为避免刺激，来往也少了许多。

难得她今天有好心情。从如花女子的早逝，说到每个人性格中的缺陷或空洞。她说这都源于心中的恐惧，恐惧被忽视、恐惧失去，潜意识里的东西外化为伤人的语言或行动，最终伤的是自己。

"这是性格的缺陷，性格来源于环境，来源于原生家庭。"

"缺陷或空洞人人都有。那些顺风顺水的幸运儿，那些大起大落的人也不能说不幸运，他们收获了不平庸。"

"这些空洞是摆在每个人面前的功课，想获得内心的宁静与圆满，只能自己去主动填满，别无他法。"

"写出你的恐惧，分析它的成因，研究对策并尝试改善，一点点改变它。"

"这个办法可行。"

……

时间过得真快，我们两个人的眼中都闪着亮光，那是心灵相通的畅快与幸福。这种感觉，有一丝虔诚，毕竟我们相伴彼此多年。

冬日阳光明媚却热度有限，坐久了，手和脚有些发凉。

不禁笑了，多年历练，再严肃的话题，我已能轻松面对。

我们商量好下次再聚，来杯茶，边品边聊，让茶的温润和芬芳，安抚彼此沧桑的心灵。

放　　生

阳光很好，风却料峭。

湖面水波涌动，堤岸杨柳依依。

空中嫩枝曼舞，地上淡影扶疏。

水边有人垂钓，岸上有人慢跑，只是人不多，四周显得空旷而安静。

一个人快快地走，慢慢地跑，感觉特别从容和自由。

前面那两个人弯着腰在干什么呢？其中一人双手捧着什么东西往水里使劲掷去，继而那两个人朝掷去的方向定定地看着。

不知不觉已向他们走近，干脆在几米外驻足观看。这两个人有50多岁，长得方正，给人文雅而严谨的感觉。他们从一个黑色的大塑料袋里捧出一条鱼，俯身放进水里，鱼有一尺长，肥肥的，在浅浅的水底，在涌动的水波下，慢慢地游动，鱼脊的颜色略深于水色，仔细看它，竟慢慢游走了。继而两人又拿起另一个塑料袋，倾倒而下，一群小鱼一到水里，就欢乐地四散游开了。

　　他们的工作似乎告一段落，见我观看，其中一人谦和地朝我笑笑，我说"放生呢"，他笑笑说"是的"。说完，他的目光又关切地投向水面的一个地方。顺着他的视线，我看到在三米外、深水区和浅水区过渡的水底，有一条一尺来长的鱼，侧着身子一动不动，可以看到白白的鱼腹，似乎还有一抹血色。我忽然明白，最初看到他们向水里抛掷，可能就是要放生这条鱼吧，可能用力不够，本想把它一下子扔到深水区，它却跌落在浅水区的水泥硬底上，鱼看来是受伤了。

　　他俩都定定地看着那条鱼，鱼不动，水波却不停地涌动，无边无际。忽然，那条鱼仿佛动了起来，仔细看却是水波向岸边一轮一轮涌来推动着那条鱼，让人产生了错觉，我忽然感觉眼有些晕。

　　两人凝重地看着那条不动的鱼，不知心里在想些什么。我感觉自己该离开了，这本来就是别人的事。我慢慢地跑起来，把自己融入阳光和树影，融入对他们来说没有压力的背景，希望他们从从容容地完成他们心中的仪式。

　　希望那条鱼能活过来。

　　我粗浅地理解，放生，是放别人一条生路，同样也是放自己一条生路。

　　不知对否。

愉快的上午

昨天联系了4S店,今天上午去给汽车做保养。

车停店前,迎宾走了出来,她说车可以直接开进车间,还问我用不用代驾,或者需不需要她帮忙看着道路,我一边说着不用,一边轻踩油门,就到了车间,她职业化的妆容、礼貌的言谈让我感到了规范和舒服。

一个西装男孩儿很快出现在车的左前侧,他和我打招呼,问我车子在驾驶中有没有出现什么问题,建议我下车到办公室。他请我在电脑前坐下,端来一杯清茶,在电脑上看了看上次来店的记录,告诉我这是第9次保养。我忽然想起近期车子在开空调时有土腥味儿,便告诉了他,他再次看了电脑记录,建议我做空调管道清理,并告诉我这一项要收费。今冬我经常因为喉咙干痒而咳嗽,空调管道清理确有必需,就同意了。

他打印了保养清单让我签字,将我领到2楼休息区就去忙了。

这家分店离家很近,与前几次去的需要一个小时车程的那家分店环境和服务都差不多。休息区有舒适的沙发、电视、按摩椅，各种饮料及点心。我在按摩椅上很快就睡着了。

11：30，西装男孩儿问我在不在这里吃饭，我说都行，他邀请我去就餐区吃饭，我说不去了，很快他端来了午餐，又为我续上绿茶。我一边吃饭，一边在手机上看着《苏园六记》的视频，已经确定后天去苏州，事先做些功课还是有必要的。

服务员为我端来一杯现磨咖啡，咖啡还做出了汽车品牌标识的拉花，感觉挺有意思，有点不舍得拿勺子去搅动，咖啡散发着温暖的芳香，让人很舒服。

西装男孩儿告诉我车底有渗油现象，在保修期内，约定我年后来换件，建议我7月份或再行驶7000公里再来做最后一次免费保养。

开车离开时，我微笑着对西装男孩儿说："谢谢你，春节愉快。"他报以灿烂的微笑，说着同样的祝福。

阳光不错，道路宽敞而空阔，刚保养过的汽车驾驶起来如丝般顺滑，动力十足，车子厚重而又灵动。这一切都让我想起"品质"一词。

百度百科说"品质"是指人的素质或物品的质量。今天上午，算不算一次品质之旅呢？应该是吧。在这个店里经历的人和事，都给人一种踏实和规范的感觉。

腊月二十七了,春节马上到了,在新的一年,继续做有品质的人吧。

清新的味道

初冬的一个周末有些空闲,得知市会展中心有茶博会,就决定去逛逛。

戴口罩、出示健康码、过安检,方可进入展博大厅。只见展位井然排列,货品琳琅满目,游人穿梭如织,热闹的气氛与室外冬天的萧条形成鲜明的对比。

漫无目的地走着看着,忽然被眼前展位的巨幅画面吸引,画面中绿水青山给人敞亮之感,"溪源茶叶"四个红色的大字与明山秀水和谐又统一。"溪源"?是唐朝诗人刘眘虚"时有落花至,远随流水香"的那湾溪水吗?是王维"行到水穷处,坐看云起时"的那条溪流吗?这个展位一时间勾起了我许多美好的情愫。墙上的画面延展,那挥铲炒茶的男子,不正是眼前展位里在拥挤的游人中正说着什么的那个人吗?像画面中一样,他仍旧穿一件蓝色的工作服,只是现实中的他,言谈举止像是负责人的样子。

"请坐请坐!"不知不觉中已被邀请。隔着茶台,一位女子向我们友好地打着招呼。落座，斟茶，浅浅地聊。

　　她说自家的茶厂开办10多年了，那位男子是她先生，在茶台前正与客人喝茶洽谈的四个人是他的两个儿子和两个弟弟。随着她指的方向，我看到两个二三十岁的年轻人，长得帅，发型酷，更重要的是与客人谈得融洽，他们虽然都年轻，却是成熟商人的模样，专注而投入。"你儿子都这么大了。"回过头来看她，皮肤白，眼角有皱纹，却加长了睫毛，漂染了黄色的头发。那皱纹与长睫毛和黄头发搭配在一起有些突兀，却又奇妙地和谐。

　　"我孙子一个八岁，一个五岁。""你好年轻啊！""你也年轻呀。""我不年轻了。""你最多××岁。"看她认真的样子，我悄悄告诉她我的年龄，她的嘴巴因惊讶变成了"O"形……在轻松友好的气氛里，她为我们冲泡了2010年和2013年的白茶，与我存放多年的同时期的白茶相比，品质在上，价格却优惠了不少。我习惯性地砍砍价，她虽精明却也通晓人情，我愉快地买下一些。皆大欢喜中，她向往而又羡慕地说："你是个有福气的人，保养得那么好！"我笑着道别，在转身回去的路上，心里有一些小小的得意。

　　后来，在朋友圈里看到她与家人在另一个城市的茶博会上参展的照片，还看到她时不时晒孙子孙女可爱的日常，或者是在厂里往外发货的喜悦场景。

　　因为茶喝起来不错，后来我的朋友也买了她家的茶。这两天她忽然跟我联系，要我的地址，打算给我寄一些红糖和笋干，我很意外，自然是婉拒，她却说得真诚，说感谢我介绍客户给她，红糖是村里自己制作的，笋干是她的父亲在山上挖的竹笋晒成的，还发了图片。她还说红糖是好东西，女人要多吃。

　　想象有着修长碧绿叶子的甘蔗用古老而朴素的方法制作成了糖，想象着白发老者在青青竹林里挖来竹笋，在阳光与清风里将它们干燥后收藏，就觉得特别向往。于是感觉自己没有必要拒绝一份真诚和美好，那红糖一定特别甘甜，那笋干一定特别清香，这些自然的馈赠，也正如她本人给我的感觉：清新而质朴。

　　万物本来的样子最好，散发着本真的芬芳。她和她的茶及她的馈赠，都让我感受到清新的味道。

深夜相送

"野芳发而幽香,佳木秀而繁阴。"欧阳修《醉翁亭记》里的句子,可以用来形容家乡的小山,那个人们锻炼休闲的好去处。

多年前的那个清晨,在熙熙攘攘的晨练人群中,在山野特有的芬芳气息里,两个女孩,清与静,在小山上相视一笑,从此成了亲爱的姐妹。

清外冷内热,为人简单而善良;静温雅可人,聪慧而又丰富。她们相约晨练,在有着伯夷叔齐传说的山上或走或跑,清的率性与静的体贴完美搭配。她们一起聊天,不同的经历、对生活的相似感悟让她们珍惜着对方。

静是东北人,自幼来这里,生活在姑姑家,长大后工作和家也安在了这里。没有寄人篱下的孤僻,相反静温柔风趣,她身上既有本地人的特点,又时不时流露着东北人特有的幽默与旷达。

静的爱人在远方工作,她带娃、持家、上班,静的辛苦看在清的眼里，当机会来临时，清鼎力相助。静的爱人终于调回到静的身边，呵护着静和他们的小家。清放下心来，静执意要感谢，清允准了静的爱人从南方给她带些荔枝。清认为，那美丽甘甜的荔枝，就像她与静的友情。

那夜，他乡，静与爱人和清相逢。清顾念他们要赶较长的夜路，静及爱人心疼清当时一个人的孤单，一定要先把清送达再启程。

夜色阑珊，浮光掠影，汽车徐徐向前。

清感到温暖，这份相送里有珍惜与敬重，清很满足。

夜深风寒，温暖却在清和静的心里……

不如欣赏

　　那一天，冬日旷野的树，黄叶的色彩让人吃惊。那是脱去了所有水分，抽离了叶的本色的一种存在，深褐色、卷曲着，正在陆续飘落。曾经生生不息，曾经朝朝暮暮与枝干共生，如今仿佛正在作别，以萧瑟的声音和清冷的空气为仪式。

　　又一天，雪无声地下，无声地染白了世界，仿佛换了人间。行走在白茫茫之中，深雪没过脚踝，每一步都不能走得利索。

　　再一天，阳光普照。那光是金色的，明亮的，带着热度，照着雪，照着人的脸，温暖着人的心。雪无声融化，渐渐消失了痕迹。

　　……

　　天与地的表情，恢宏大气，不可遏止。

　　天地之间的我们，生而为人，有情有义，心思可以细微，更需要从容，学着去欣赏所有的遇见。

　　愿有缘相见的所有人无敌意，无痛苦，愿所有人快乐。

旅行，心灵或身体在路上

辽阔的草原

几年前去过西藏一次，布达拉宫的雄奇，林芝风光的秀美，高原湖泊的湛蓝，雪山草原的壮阔，都鲜明地留在了记忆中。

今年十一国庆节，有幸再次来到藏区，有幸在天苍苍野茫茫的金色草原，实实在在地徜徉数日，过兰州到临夏、夏河、玛曲，再到四川阿坝，实现了一次与草原的零距离接触。

甘南草原多山，山势连绵。或高耸或缓和的山体，都被由绿转黄的秋草覆盖着，被水泥桩支撑的几道铁丝组成的围栏分割着，有的山从山脊被划分为两块儿。这些被分割成片的草场，有的正休牧，草密而高；有的正放牧，牛羊成群。

阿坝草原多川，平坦辽阔。放眼望去，洁白的帐篷点缀其间，帐篷外用一根铁丝或绳子围一个圈，那是临时圈牲畜的地方。阳光下牛羊成片，一派富足祥和的景象。

牧人的房子都建在山脚处或平地上的低洼处，山腰或山顶只有牛羊才会光顾。那些小平房带着玻璃窗，有时一间，有时两三间，虽然低矮，却是美丽草原的点睛之处，是人顺应自然的和谐写照。有些房子旁边或四周还会有院子，人们将收获后打成捆的庄稼杆或是干草晾在矮墙上，那庄稼杆应该是青稞的吧。或将草料堆成蘑菇一样的圆形的垛，将牛粪垒成长方形，像城墙一样，这些都是实实在在的冬储装备。仔细看院子的作用，却与中原不同，大多用来圈牲畜或放东西，也许豪放的牧人原本就是以草原做了自己的院子吧。

傍晚时分，上到一个小山坡，齐膝的蒿草将草籽粘在你的裤脚，仿佛要你带它到中原，草丛中散布着一种花儿，淡白的颜色，圆圆的茸茸的球形花朵，在草丛中很显眼，很好看。牛粪一坨坨，有的被分解成圆圆的大土堆，总想在你奔跑时重重地绊倒你。三千多米的海拔，走着还行，跑起来就气喘。太阳已收起最后一道金光，天气有些凉，原来这小山连着后面的大山，并不能找到一个制高点。10岁的孩子拿着相机像个记者一样左照右照，还总跑到你看不到的地方，让你担心突然出来一只狼怎么办。无人的草场辽阔、静美。

一路走来，或山间或平原，不时看到马群、羊群和牛群，每次看到总会让你惊奇。这些低头吃草的精灵，悠闲地甩着尾巴，享受着上天的恩赐。马群飘逸，远远地让你不能近身；羊群温和，白身黑头，毛茸茸圆滚滚，但半尺长的羊角却宣示着人不犯我我不犯人的威严，它们在几米外审视你一会儿，之后就有分寸地离开了；牛群持重，清一色的乌黑透着神秘，脖子上、肚子上、尾巴上长长的棕毛威风凛凛，你需要走到它身边，它才会慢悠悠地离你而去。它们一般都是几十、几百甚至上千头很大的一群，近看像部队，蔚为壮观。远看，洒落在山间平原，羊群的点点白，成了草丛里的球形花，而牛群的点点黑，像极了草丛里的圆土堆。也许因为它们本来就是草原的产物，所以无论近看远看，都有一种天然的和谐。

　　景色随车的行进而变换，高山大川让你震撼，牛羊成群让你感叹，多彩的草场让你养眼。在大自然面前，人不过是万物之一，令人震撼的美景是它无言的恩赐。

　　公路，像神奇之手在草场上画出一道顺滑的线。飞驰的汽车，在辽阔草原的背景下倒成了玩具一般。群山如智慧巨人，无声地引领着，你的视线抚摸它每一道皱褶、每一条峰线，它将壮阔与豪迈植入你的心中。阳光普照，让你温暖安适；冷雨洒下，让你敬畏感恩；云朵飘来，传送美丽的传说；牛羊片片，毡房点点，袅袅炊烟温暖你的双眼……

　　瞧，美丽的景色，让每个人都成了诗人。

溶化的月亮

傍晚时分，终于来到黄河口湿地保护区。一望无际的芦苇夹道欢迎我们的到来，柔和亮丽的绿色占据了我们的视野，那些白色的长腿长嘴的鸟儿或从车前飞过，或安静地站在水洼旁边。有水的地方让人心中升起温柔浪漫的情愫。

风景在路上，是一些人的信条。就像今天，我们赶路经过东营，顺便拐一下，要去黄河入海口看看。暑热已退，人们大都回到了工作中。夕阳西下，倦鸟正欲归巢。偶尔与相向一辆车擦肩而过，更显我们这辆车的孤单。带着探索未知的冲动，夹杂些许投宿无着落的压力，我们疾驰向前。散见的炼油厂、采油机、朦胧的树影，匆匆掠过。在深重的夜色下，问道水边船上的一对夫妇后，又走了几里路，终于看到灯火。水边一片平房，那是我们今夜投宿的地方。

餐厅、客房都还算正规，两元一个的馒头、二十元一份的面条没得选择。餐厅人员酷似上过春晚的大衣哥，他很在意我听到馒头两元一个时的一笑，问我笑什么，矜持中透着憨厚。想想粮食从百十公里外运来也是不容易，秋夜里赶路而来，如此晚餐还是让人感到了温暖和踏实。

走出餐厅，感觉天特别黑，黑得让人意外，来时路上遇到的水坑都看不见了。四周特别静，静得也让人意外，只听得到蟋蟀的叫声。抬头望天，星星离我们很近，又大又亮又多，月亮倒成了可有可无的点缀，在天边斜斜地一弯。路旁的芦苇与映着灰亮天光的水面，成了一幅水墨山水画。

远离家乡，我心里有新鲜刺激甚至艰苦的感觉，陌生又熟悉。这些年外出少，今夜的感觉，仿佛又回到了年轻时代。有些感慨，有些欣喜。

几个人缓缓地走着，不紧不慢地聊着，大致心情也如这秋夜，平静而从容吧。

有两个捉螃蟹的人，拿着竹竿和篓子，由远而近，在空旷的暗夜不免让人紧张，走近了，看清了，才暗暗长舒一口气。

一座浮桥架在河面，将公路延伸到对岸的炼油厂，浮桥上的灯光倒映在水里，仿佛两行灯光，很有些水乡的味道。忽听"咔吧"响，低头一看，原来是同行的人踩住了一只螃蟹，几人惊奇地笑了，感叹秋天的黄河，野生螃蟹果真是多，这种经历太有趣了。

不知不觉天似乎没有刚才那么暗了，能分辨出淡蓝的天幕和点缀其上的白云，月亮有些模糊，但能看出是上弦月。同行的兄弟说这是眼睛适应了。心情也如这放亮的天光，更加轻松起来。

不知走了多远，直到我感觉累了，折返，向宾馆走去，路边的芦苇很茂密，纤细的枝条顶端已结了花穗，侧影很是好看。

快到宾馆了，抬头望月，发现竟又模糊成了一滩浅黄。我说"月亮像块儿糖，溶化了"，他说"怎么想起这么一句"，倒也问住了我。

也许，言为心声吧。

婺源，最美的乡村

清明节，江西婺源。

终于在繁花盛开的季节去了一趟南方，有一种夙愿得偿的喜悦与满足。那里的小桥流水人家，起伏错落的花田，芬芳争艳的桃李，深深抚慰、温暖了我的心。

一条小溪引领我们走向粉墙黛瓦汇聚的地方。我们先去的是徽派建筑古村落李坑。时至下午三点，正是游人如织的时候。这里的房子始于明清，全部依水而建，后因旅游业发展，原住民搬走了，房子变成了商铺，木雕工艺品、文房四宝、干笋木耳土特产，不一而足，却都生意兴隆。

人可真多，窄窄的小路，拥挤的商铺。有件木雕作品我很喜欢，是一对雕刻精美的鸳鸯，一只曲颈梳羽，一只引吭高歌，有一种浑然天成的和谐与默契。想买了去，但想到家里没有合适的地方放置它，人又太多，熙熙攘攘的，于是就放弃了。

次日清晨，我一个人早起，村口的巨树碧绿茂盛，将绿色的影子投在缓缓流动的溪面上，是那样宁静。踩着如洗的石板路，迎着清凉舒适的微风，看早起的人们有的在买早点，有的正打开店铺的门。有一个已经开张的文房四宝店，我走了进去，老板是个文雅的年轻人，正仔细地擦拭着什么。他问我想带什么，并推荐说砚台不错。我选了一块砚，是这里的特产，叫龙尾砚，又叫歙砚，镶嵌在一个椭圆形的盒子里，很精致，也方便使用。出了这个店继续走，不期又发现了昨天看中的那对鸳鸯，与店家一番商议，老板说新的一天开张大吉，以优惠的价格卖给了我，真是皆大欢喜。趁着心情好，我还买了笋干、野豇豆等物，感觉收获满满。

之后和孩子同到村口溪边游玩，有柳条帽出售，上面点缀一些粉的桃花、黄的油菜花，孩子爱不释手，便买了一顶给她，她戴在头上，照着溪水当镜子看。八九岁的孩子，一身运动衣裤，敏捷好动，再戴个柳条帽，活脱脱一株迎风生长的小树。

从古村落中一条小路攀缘而上，是一个小山包，丛生着茂盛的竹子，绽放着红霞一样的桃花和金色的油菜花。也许是被这烂漫的春天感染，我也将一个插满桃花的花环戴在头上，与孩子一起摆着各种姿势照相。此时，心情和笑脸都如那蓝天和太阳，是多么晴朗欢喜呵。

油菜花田满山遍野，起伏错落，目之所及全部是金灿灿一片。间或有一株大树，一间白色的房屋，更衬托出花海无边。树与房屋是美好的点缀，与花海和谐统一，相得益彰，共同成就美丽的乡村画卷。说婺源是"最美乡村"，油菜花应该是点睛之处吧。

是日多云，太阳时而照耀时而隐匿，花海也随之呈现不同的美感。阳光之下，油菜花更加灿烂，花朵灼灼，云影笼罩，花海与远处的一两棵大树绘成了一幅抒情的画作。眼光随着梯田层层而上，看见一座粉墙黛瓦的房屋，不确定是一户人家的住所，还是有别的什么用途。花香弥漫，蜂蝶飞舞，让你心生感恩，原来还有这么美好的所在！

婺源县原属古徽州，今属江西省，位于江西、浙江及安徽交界处，是唯一一个以县城名命名的风景区。在保存完美的明清古建筑村落里听流水潺潺，在一望无际的油菜花海感受花儿绽放的灿烂，放松身心于田园，真的是不虚此行。

天 鹅 湖

2018年元旦,豫西三门峡市,天鹅湖。

抵达湖畔已是午后,阳光将宽阔的水面及四周的树木都涂抹上一层淡淡的金黄,让冬日的水岸透着一种内敛温柔的秀美,水边栈道上,假期出游的人们络绎不绝。从栈道上走出不远,就看到一群天鹅远远地在水面游弋,有百十只,它们长长的脖颈几乎与水面垂直,头部线条优雅又不失力度,体型健硕却行动敏捷,宁静的水面倒映着它们美丽的身影,让人不由得惊叹造物主的神奇。

水边栈道很长,蜿蜒曲折伸向远方。岸上的柳树,零星有几片黄叶挂在枝头,其他的树木都脱光了叶子,那些裸露的枝干彰显着它们曾经生长的状态,有的张扬,有的内敛。水边的丛丛芦苇,枝叶一片金黄,洁白的芦花薄如蝉翼,被阳光一照,透着润泽的金色⋯⋯

途中有一张游览示意图,上面标有甘棠路,还有周公岛和召公岛,这些名字让我的内心忽然间深有触动,刚刚读过的《诗经》里不是有一篇《甘棠》吗？诗的大意是说："高大茂盛的甘棠树啊，不要去剪它，更不要去砍它，召伯当年就住宿在下边……"召伯就是召公，周文王的儿子，周武王的弟弟，他协助周武王覆灭了商朝后，向周武王进谏要敬德保民并身体力行。召伯听讼甘棠树下的故事在民间广为流传。武王死后，他和周公共同辅佐周成王，与周公分陕而治。召伯到民间出巡，所到之处不占用民房，就在甘棠树下停车驻马，听讼决狱，搭棚过夜。他死后，人们怀念他，舍不得砍伐他停歇过的树。《甘棠》一篇，就是对这个美丽传说的记载。

  这个故事就发生在这里吗？太神奇了！思绪忽然间穿越3 000年，仿佛自己置身于亭亭如盖、绿荫覆庇的甘棠树下，沐浴着3 000年前的阳光与清风，看召公断案，听淳朴民俗……思绪正飘飞，却不期被远处市集般的喧闹吸引。循声而去，那宏大的场面，着实让人吃惊。

  宽阔的水面如九天银河，远远望去，数不清的天鹅像点点繁星。走近些，斜阳下的湖面如硕大的玉盘，而那些天鹅，就像玉盘里的颗颗珍珠。再走近些，那林立的脖颈、洁白的身躯，又像极了远航归来的万千船帆……我一下子弄不明白，这数不清的天鹅从哪里来？

为什么要在这里聚集？

近看，它们有的在轻轻游，有的曲颈梳理羽毛，有的用嘴和同伴嬉戏，是那样安闲祥和。也有几只忽然就展翅飞离了水面，斜斜地飞向蓝天，长长的翅膀扇动着，优雅而又矫健。

它们能飞 8 000 米高，要飞几万里的路，从西伯利亚和蒙古国而来，原来静与动是辩证统一的，也许正因为艰苦的长途飞行，才有栖息下来的安宁。相比西伯利亚或者蒙古国，这里是温暖的南方，更适合天鹅居住。

三门峡是万里黄河第一坝，1957 年大坝建起后，蓄水期这里形成宽阔的湖面，吸引数以万计的天鹅不远万里飞来在此越冬。那么，为什么是这里？也许还因为那些美丽的传说吗？

书上有禹开三门的传说。大禹治水时，用开山斧把高山劈成人门、神门和鬼门三道峡谷，三门峡由此得名。此外，女娲补天、夸父逐日、扁鹊的故事、唇亡齿寒的典故，等等，就像召伯栖棠荫一样，都属于这块神奇的土地。

美丽的天鹅飞越千山、飞越大河、飞越千里万里，来到此地过冬，与这片土地的钟灵毓秀一定有着一些神秘的联系。

黄河无言，千年万年流淌不息，它在这里转了个弯儿，倾听着古老的传说，也守护着这些美丽的天鹅，年年如斯……

边陲的彩虹

"上有天堂,下有苏杭,不及满洲里的灯火辉煌。"诚然,满洲里的夜色因灯光而更加迷人。次日城外,作别友人,我们一行四人,驱车一路向北,向漠河而去。

一曲《漠河舞厅》让人产生无限遐想,伴着歌里"如果有时间/你会来看一看我吧/看大雪如何衰老的/我的眼睛如何融化"传唱的动人故事,这个边陲小城,更加吸引着我们。

天空高远,云彩洁白,路上车辆稀少,白桦林一片静默。

奔驰在茫茫旷野,感受着天圆地方,乌云忽然压过来,电闪雷鸣,我们无处躲藏。彼时心里特别惊慌,甚至想着,既然做不了什么,那就坦然接受上天的安排。但是如果一息尚存,还是要朝着自己想去的目标前行。半天时间里,我们好几次从电闪雷鸣的暴风雨中忽然就进到了阳光地带,晴朗无比。还没有走多远,又别无选择地从晴空无边冲进雨里,密密麻麻的雨滴砸得车棚当当响,那一时刻,真正体悟到被庇护是一种怎样的幸福。心情正接受着考验,忽然车顶没有了响声,雨停了,彩虹出现了,连天接地,壮观而神奇。我们惊惧,但是我们坚定向前。于是,这样的经历成了记忆里精彩的一笔……

夜宿满归镇,徜徉在一代天骄广场,月色有些昏黄。广场上成吉思汗率军出征的群雕虽静默无声,但群情激昂的塑造,让你仿佛听到风呼啸、马嘶鸣、杀声震天响,雕塑基座的一侧有元朝初期中国疆域图,面积约1 300多万平方千米,让人震撼。

次日,依然是安静的林间公路,依然是高远的蓝天与洁白的云彩相伴,我们来到了北极村。感受着这个纬度最高、祖国最北的村落的安宁,期待着与极光不期而遇,在金鸡之冠广场流连,在中国界碑处留影,在祖国最北的邮局,小朋友给老师寄了明信片……

广州之行

蛇年春节，去了广州。在我的印象中，广州遥远、发达，有几分神秘。与以往开车出行不同，我们这次选择了高铁。时刻表写得清楚，半日即到，让人想起李白那句"千里江陵一日还"。

从洛阳站上车，寒风中的阳光没有给我们带来多少热度，车厢里却温暖如春。舒适的座椅，良好的服务，让初坐高铁的我的心情渐渐放松下来。他一上车即把两排座位扭个对脸，和孩子们玩起了扑克，我随遇而安地坐在旁边，悠然享受着车厢里的音乐和窗外掠过的风景。

现代化的交通让人惊异不已，我也知道高铁速度快，却没想到那么快，估摸着是哪一站到了，谁知已远远地过了我预期的下一站，刚刚还欣赏着信阳渐浓的绿色，一转眼就到了白雪一片的湖南，正担心到广东气温低了怎么办，时间不长就真的到了，而且暖意扑面，看来是多虑了。

不出高铁站，就能坐上地铁，路上订的酒店在越秀公园附近。到自动售票机上挑选了 2 号线，买票进站、上车下车，没见一个工作人员。20 分钟出地铁来到地面。浅浅的暮色，初上的街灯，将合抱粗的行道树辉映得犹如仙境。想起家乡的严寒，将树和草逼迫得干枯一片，与眼前的亭亭如盖的大树，真不可同日而语，让中午还在洛阳的我猝不及防。酒店就在附近，推窗而望，硕大的树冠遮蔽了下面的道路，影影绰绰看到如梭往来的车灯，抬头看，有星星在天上眨眼，微风轻拂面颊，让人蠢蠢欲动。

稍稍安置了简单的行李，我们来到陌生的、让人兴致盎然的街上。大树一街两行，榕树居多。街灯明亮，店铺林立，车辆穿梭，不时看到行人或捧一束梅花，或搬一盆蝴蝶兰，欢喜地走过，传递着这里特有的春节的节日气氛。

街很宽很长，望不到头，走累了，拐进一家小吃店。进门有吧台，墙上陈列着各色食品、饮品的名称及价格，鱼片粥、瘦肉粥、萝卜糕、马蹄糕，真是新鲜而味美。

旅游，让人换换环境，从而也换换心情。这感觉，还真是不错。

偶园随想

青州，在山东半岛中部，一个不算陌生却也未曾去过的地方。今天，正好路过，想去探访一番。

"芒芒禹迹，画为九州"是典籍里有关大禹治水的记载。传说大禹将天下划分为九州，青州，就是其中之一，且为古九州之首，有数千年的文明史，留下众多文化遗迹，旅游景点有博物馆、青州偶园等。据说青州博物馆存放着中国科举考试制度现存的唯一一份出自明代青州状元赵秉忠的状元卷。

"状元"太遥远，我们驱车去了位于城南的偶园。一路上，街道正在复古整修。粗大的原木柱子雕饰出纹路，用于取代现在的水泥房柱。有些亭子正在翻修、扩建，路中间堆放的铺路石块好像在考验司机的车技。

偶园的规模不大，大门像是现代的，进门有声音从侧门传来："当地人出示身份证，外地人须买票十元。"我们买完票依次进入，先是几十米的通道，两侧摆放橘柚盆景，那些硕大的橘子、柚子长在很小的枝干上，很是奇巧。

　　这处园林被当地人称为"冯家花园",它原是清初大学士冯溥的私人花园。冯溥是清顺治三年进士,深得皇帝信任,康熙十年拜文华殿学士。次年,他上书乞休,康熙帝舍不得,便批示说:"卿六十四岁未衰也,俟七十乃休耳!"康熙二十一年,冯溥74岁,以年老请休获准,加太子太傅,卒年83岁。他平生爱才若渴,精于诗章,有《佳山堂集》传世。清咸丰年间著的《青州府志》载:(冯溥)既归,辟园于居地之南……曰偶园。

　　偶园的原貌,据冯溥的曾孙冯时基所著的《偶园记略》介绍,原为一组宅第、宗祠、园林三结合的古建筑群。园内亭阁棋布、怪石嶙峋、泉水叮咚、曲径通幽、竹柏森森、花木荫翳,是我国幸存的为数不多的"康熙风格"的园林建筑。

　　浅浅做了些功课,就匆匆行走于其间。园子里没什么游人,很是清幽。脚下有些湿滑,是青苔太厚了。植物茂盛得有些杂乱,是长时间没有修剪吧。那些柏树、那些青瓦大屋、那些粗硕的老藤,无不显示出岁月的痕迹。园东南依围墙延伸的假山,据说最能代表康熙年间的建筑风格,而今却竖着"危险,游人止步"的木牌。不经意瞅见的角落里的一堆瓦,让你想象不到被拆的是园子的哪一部分，原来曾有着怎样的风采。

　　流年里利用闲暇，匆匆游走于各地，早没了求甚解的劲头，抱定对万事万物的认知都是一个相对的程度，不太用心地看着、想着。过了园子东北角，据说是南北朝时期的那块古碑，穿过一片花圃，不知不觉就来到了刚进来时的回廊和亭子附近。

　　趁着秋日的夕照，定睛看亭子那几根立柱，忽然感觉自己还是被什么震撼到了。建这些亭柱用的应该是上好的材质，在岁月长久的侵蚀下，纹路已经模糊，有朽掉的坑凹，早已看不出本来面目，整个看上去，像几个从深远历史里走出的老人。遥想当年的冯大学士，何等尊贵，何等威仪，他漫步于其时的偶园，长廊、短亭、假山、曲水，环境与主人是何等的相得益彰……而今，斯人已去，园子历经几百年的沧桑，早已不是当年模样。人生，不过是百年一瞬啊。在历史上留下痕迹的名人尚且如此，平凡如我，该如何度过此生才算有意义？日常工作，闲时游走，在兴趣的引领下增加生命的宽度和厚度，也是一种积极的状态吧，就算来去如风，也要不负此心，不负此生。

　　秋阳是如此温暖，绵绵的，不似夏日暴虐，不似冬日无力，如此刻的心境，平静的，理智的，却是有力的。这些怀旧与感慨，如萦绕在面庞无声的轻风，静静地在心里酝酿。

　　不知不觉已到大门口，几个人默契地相视一笑，上车，发动，半小时后，又上了高速，朝东营而去。

春游陆浑

自从多年前与陆浑水库不期而遇，这一片神奇浩渺的水面便深深地留在了我的记忆里。

这是个有故事的地方，大禹治水"三过家门而不入"的传说就发生在这里，"华夏第一贤相"、商代的伊尹也诞生在这里，他从一个奴隶成长为宰相，是闻名海内外的政治家、思想家、"厨圣"和"汤药鼻祖"。"鹤鸣于九皋，声闻于野……他山之石，可以攻玉"，是《诗经》对它的美好记载。

陆浑水库是在二十世纪五六十年代修建的，距洛阳市区的50公里，位于黄河支流伊河之上，水面5万亩，集防洪、灌溉、渔业、发电、旅游功能于一体。

模糊记得年幼时抽调人力去修陆浑水库的情形，家里人和街坊邻居有不少人都参与过。就是现在，每到春天都会有那么几天，在家里帮忙的阿姨要急急赶回去，说是陆浑水库的水下来了，要回家浇地，小麦正灌浆，靠天收的庄稼能否丰收全靠这水了。

春暖花开的周末,孩子们强烈要求来一次野外烧烤,在选择去黄河滩还是陆浑水库时,最终因后者高速公路已然贯通,更方便、更快捷而一路奔去。

洛栾高速雄伟气魄,一路穿越旷野和山岭,因为刚开通,路上车辆不算多。路边的杨树抽出新叶,旷野或绿或黄,绿的是麦田或草丛,黄的是娇艳的油菜花。

一个小时的车程很快就到了,下高速上快速,十分钟后择一路口,顺土坡而上,似是一个景点,小树林葱绿一片。将车停在开阔处,已可见水面在不远处铺展,三十米外,一间小庙彩旗飘展,紧邻的山沟里,梨花开得雪白。

树很稠密,和小草一起在春光里苏醒,一条脚印踩出的小路,若隐若现地穿绕其间。一家人小心地避开扎人的酸枣树,沿着小路走近梨花沟,意欲赏了梨花再到水边。

梨花漂亮,洁白的花朵拥挤在枝头,与新绿的树叶相得益彰。蜜蜂嗡嗡,在花蕊里快乐地采着蜜。微风拂过,花枝轻摇,身心真要在这清爽美好的境遇里陶醉了。

顺着沟一路而下,就到了水边,孩子们热烈地奔去,或蹲下查看贝壳,或临水做着各种动作拍照,风将她们的衣服飘扬成猎猎的旗帜,土崖为岸,上面一层层波浪线,是水位曾经到达的记号。水清澈、幽深、广阔,涤荡心怀,引人遐想。传说远古时期,从龙门向南一直到栾川县都是一片水泽,称为"五洋江",九皋山就是水泽中的一个小岛,大禹治水时凿开龙门垭口,洪水下泄才显山露水。今天,我偶尔来到这片水域,看波浪涌动,却茫然不知它已奔腾翻滚了几千年,一时间感觉天地悠悠,人不过是匆匆的过客,是一棵臣服自然、时间的小草而已。

  不知不觉间到了生火野炊的时间。从水边起身,沿羊肠小道向上攀缘,陡峭处需要手脚并用。小女儿以少有的低调说:"妈,路太滑,实在上不去了。"我说:"脚踩稳,用手试着抓住小树枝或草根,慢慢往上爬。"好胜的她马上照办,一步步向上,最终攀了上去。大女儿不同,跟在后面,一不小心滑了下去,山枣树挂破了她的胳膊,我鼓励她再试,她又一次滑倒,我不再言语,怕给她压力,只是看着她,她试图再来一次,却分明没了信心。这一切也看在爸爸眼里。最终,他领她绕远走了另外一条平缓的路上来。这小小的举动让我感慨,比起母爱的执着,父爱也许更具宽容与智慧。其时小女儿唱着胜利的歌谣,已支开烧烤架找干草引火去了。大女儿一副受挫的表情,我们鼓励她为大家烤东西吃,并真诚地夸她烤得好吃,笑容渐渐又回到了她的脸上。一家人和和乐乐，沐浴着春风，享受着暖阳。

近些年政府重视绿化，大力发展旅游产业，陆浑水库的风景是越来越好了。穿行其间，春的色彩如铺开的调色板，葱绿与绯红，雪白与金黄，交相辉映，养眼养心。

这是一片亘古而常新的土地，愿这里的春天永驻，愿每个人心里的春天永驻。

原味的南方

2016年的除夕，在经过了烦琐的各种准备，在轮番换乘高铁、地铁及公交车之后，我们最终抵达几天前在网上预订的宾馆附近。没有想到的是，它居然在一个乡村里。这也使我们得以体味了一把原汁原味的南方新年。

浓绿的大树。明亮的阳光。安静的街道。抱着孩子的老妪，从一条街巷出来，拐进了另一条街巷，阳光为她们镶上了金色的轮廓。因过年而安静下来的工厂，门口有老汉悠闲地抽着烟，好像是在享受难得的清闲。对向有两个女孩远远地走来，她们有着南方人特有的纤细和美好。公交车一趟一趟驶过，却没有像在北方一样掀起大量灰尘。不远处有音乐传来，有小猫在街边踱步，尾巴翘得高高的，直直地指着天……全新的环境，带来全新的感受，这正是旅行的意义吧。

次日，即2017年的春节。太阳从云隙里透出一些光芒。街上人不多，街道两旁的大树特别养眼。地上有一片片鲜艳的鞭炮屑,像火红的花瓣,那是勤劳的人们为自己做的关于这一年的总结,同时也是为新的一年播下的希望。

昨晚散步时预订了还在营业的东北饺子馆的饺子,早上8点半来到店里,小老板已经在忙活,饺子应该马上就好了。在远离家乡的地方,能像在家里一样,在春节的早晨吃上口味地道的饺子,也是一种幸福。相比有一年一家人在宾馆用烧水壶煮饺子,可方便了不止一点点。

清晨穿一件毛衣还有点凉,但是太阳一出,那有热度的光芒仿佛在告诉你,地处亚热带的这里,最慷慨的便是热情和温暖。

欢声笑语里,我们去了盐田港。在海天一色的背景下,群山含黛,如淡淡的水墨画。山,温柔而静默;水,波光粼粼,有小船点缀其间。浓淡的色彩如此和谐,配上轻柔的海风,让人心旷神怡。

在山的皱褶里,水依依环绕,形成湾。湾里风平浪静,是壮阔的盐田港。有琳琅满目的集装箱,有威武雄壮、可行万里的大船,有林立的起落架,巨型集装箱的货物来来去去,无声地吞吐,却影响着世界的贸易。

一边是山水的写意,一边是经济的伟力,这就是盐田港给我的印象。

我们坐在游艇上，沐着海风，闻着海水特有的味道，看着两边和谐统一的风景……

春天的绿

周日带孩子去离家不远的小山上锻炼。

将车停在山门下，拾级而上，路旁的侧柏生机勃勃，枝叶像书页一般侧立，密匝匝地紧靠着，像一本本超厚的大书，每片浓绿的枝叶好像镶了一圈鹅黄的边儿，那是今春刚长出的部分。似花又似种子的绿色果实奇巧地点缀在枝叶间，像珠宝，像星星，是很另类的好看。

从南坡向上走，夹道的五角枫一改秋冬季诗人般惆怅的红，新绿中透着淡黄，更显得嫩绿一片。还是五角形的叶子层层叠叠，如一群活泼热情的年轻人，正推搡着，嬉笑着。

柳絮飘飞，白杨拍手，大叶女贞沉静中又显壮大。上周末开得正盛的樱桃花、梨花，现在基本上已芳踪难寻。西坡的一片银杏树，与上周相比倒是更丰满了，它们的绿不同于枫树，绿得本真，绿得纯粹，如一群列队而站的中学生。

从季节上说石榴树马上要开花了，现在却看不出一点迹象，刚发的新叶淡绿中透着鹅黄，好像还没睡醒，百日红直率地将玫红色裹满树枝，一点儿也不掩饰自己的热情。树下红色的、蓝色的、黄色的小花，星星点点的，特别渺小，细看去也是各有各的韵致。

孩子一路上笑着闹着，无拘无束，走出家门的人们，将平时幽静的山林点缀了色彩，增加了笑声。我尽情地搜索着，品味着，将眼光在深深浅浅的绿色上尽可能多地逗留，感觉一直以来干涩模糊的眼睛也被这绿色滋润了，清洗了。

季节又走入新一轮的春天，一切都是那么单纯，那么美好，那么引人遐思。在岁月里，人们自然也与昨日不同，伴随着季节的律动，体味着生命的平凡和快乐。

小　满

今日小满,有幸来到水边。

沉浸其间,感觉山水之美,美在相互成全。水向下汇聚,无限的深沟大壑都汇聚在一个平面之下。山向上生长,或峭拔或雄浑,向天空无限延展。水又是灵动的,或静如镜面或波光潋滟,将山的风景连同天光云影悉数收纳、还原,于是在虚实之中、动静之间,风景无限丰富,立体而多姿,神秘而美妙⋯⋯

身在小船,游于水面,纯净的山水是一幅美丽的画卷。遐思间,一双大鸟伸开修长的翅膀,掠过青青水面,由近而远,最终化作两个小点,融入绿色的山林之间。现实版的神雕侠侣,寄情山水、相依相伴,天地任逍遥,怎一个羡慕了得!

小船带我们游黄河三峡。记忆中黄河上的峡谷有青铜峡、龙羊峡等,似乎长江上才有三峡的称谓,这黄河三峡是什么样的?抱着姑且游之的心情而来,很快便来到了龙凤峡。

水面如莹润的绿色丝绸，无限铺展，有山的倒影的地方，绿色就更深一些，那是让人的眼睛不想离开的绿，足以滋养身心的绿。两岸的山，有的独立如巨大的烽火台，有的连绵如凝固的巨浪，围拱着宽阔的水面，宁静而安详，仿佛一个古老村落。忽然就想起这里在小浪底水利枢纽的上游，也许有库区移民的事情，便请教驾船师傅移民的故事，被告知这里三十米之下，原来确实是一个村庄，叫作牛湾村。小船向前，在离水面不太高的地方有"青河口岸"的字样，船师傅说这里六七十米深的水下曾是另一个村落的码头。两岸崖壁，高与低的不同的水位线痕迹平行着，它们是凝固的，却与今天流动的水有着天然的和谐。

前方绿色覆盖的崖壁上有白色的"孤山峡"字样，水流在这里更加宽阔而平缓，峭壁上鸟类的生活痕迹明显。细看，鸟巢密布，不时有鸟儿飞进飞出。船家告诉我们说这是一种鹳鸟，当地人叫它们"长脖子佬"，喜食游到水面上的小鱼。感觉这俗名更亲切而有温度。

目光随着崖壁向上，层层岩石平行排列，风化痕迹明显，不知是多少年的地质运动的结果。在看不到的山顶，不知是否有鱼类的化石来印证沧海桑田的变化。其实万物都在变化，唯有变化永恒。就像今天平静的水面，若干年前曾是鸡鸣牛叫人欢唱的乐园。既如此，就主动地接纳变化，甚至是拥抱变化，这才是应有的态度吧。比如适应故人远行，比如新的情形……

思绪如流风，一个多小时的旅程不知不觉结束了。船家是个和善的人，一段行程下来我们已经不太陌生。在下船登岸的小小码头，他说起前两天的一件事儿：那一天有许多小虾，密密麻麻挤在岸边，一会儿就能捞起一大盆儿，拿回家就可以做成美味的菜肴。说话时他的眼神里有不解，但也带着笑意。

我们向他挥手道别，也祝他时时有好运。

"淡淡一笑间，小小得盈满。"一个美好的节气，故记录今天的行走，是为记念。

风物，一枝一叶总关情

落　　叶

　　久违的小雨，让人欣喜。

　　空山新雨，落叶遍地。椿树、槐树、五角枫，还有许多叫不上名字的。每棵树下，都是厚厚的一层，有些壮观，有些抢眼，我知道，那是季节的语言。

　　禁不住俯身，捡起一枚枚落叶端详，有的艳红，有的金黄，有的棕褐，形状也各有不同。拿在手里，虽然轻，却也有明显的质感，也许是因为刚离开树，还带着生命力吧。它们本是鲜活的生命，春天的稚嫩、炎夏的葱绿、今朝的金黄与飘落，无不在四季里滋养过人们的眼睛，温暖过人们的心情。

　　像往年一样，陪孩子捡枫叶做书签。捡回的枫叶回来放在书册里压平风干，粘在硬纸上，再用彩笔写些文字，过了塑，独特的卡片就做好了，任由她分送给老师或同学，这是关于成长的记忆。

　　边走边聊，我的语气是习惯性的不好。对于批评，10岁的大妞不说话。临上车换鞋，她却抢先蹲下帮我系鞋带，让我心疼而又意外，同时深深内疚对孩子责备太多，心里温暖又酸涩。

锻炼的人不多，散落在小山的路上，使你不至于感到孤寂，又有着充分宽敞的空间。一位跑山的大姐迎面而来，她看到我们情不自禁地说"跑一圈真舒服啊"，透着由衷的欣喜，将跑山的欢愉传递给我们。

掌灯时分，雨还在淅淅沥沥地下，地上泛着水光，将城市的五彩夜色打扮得晶莹透亮，富有立体感。一枚硕大的法桐叶子落在车窗，又轻轻地滑下，让我平静的心情如水面般轻轻荡起涟漪。细看，每棵行道树下，又新添了厚厚的一层落叶，且还有落叶断断续续地在空中飘飞着。落叶与树，在夜色里无声对望，依依惜别，仿佛正在完成一个仪式。

树与叶曾是最亲密的一体，叶子为树赢得阳光，树根深深伸向大地，它们息息相通，是一个完整的生命。然而生命也有它理性的法则，寒潮来袭，叶子就要与树分离，飘落，化泥。

曾痴痴地希望自己是一棵树，静静地站成一道风景，这个想法已然久远。心情因这雨的滋润更加平静。

在雨中，顺着车流缓缓向前。

落叶仍在飘飞，或轻盈或从容。我知道，有舍才有得，来年春天，仍是树树葱茏。

晚　风

下午六时许，走出办公大楼，绿色盈眼，清风拂面。距接孩子还有点时间，忽然电话响了，孩子的声音有点异样，她说今日不打球了，让我现在去接她。我心中一紧，加快了速度。

她的小脸好像刚洗过，眼角处似有泪痕，却努力装作正常的样子。我也故作轻松地问她为什么不打球了，她终于支撑不住哭了起来。爱好乒乓运动的二年级小女生此刻眼泪哗哗，原因是同学拒绝了她的邀请，自尊心正受挑战呢，不小心头又碰到教室门的边上，就委屈得承受不了了。我抱抱她，一边拉着她小小的手走出校门，一边帮她找出被别人拒绝的原因，告诉她要学会考虑别人的感受，她平复了许多。

昨日下雨今日晴，空气很清爽，斜阳像个橙红的圆盘，托举在绿树之上。微风让人的心情也活泼起来，心疼孩子情绪的波动，我临时改变主意，不像往常那样直接回家写作业，而是带着她来到了城区北边的山上。

这是经常来的地方。从北环道东段上凤凰大道，伴随夏季的来临，各种植物都茂盛起来，让人感到自然的伟力，那种慷慨大度岂是人力可比？为了舒缓她的心情，我指着一片草，让她用一个成语形容，她说"生机勃勃"，指着路边结满桃子的树，她说"硕果累累"，指着一棵大树，她说"根深叶茂"……她渐渐欢快起来，小裙子在风中一飘一飘。

"妈妈，你看，那个爷爷和他的孙女。"顺着她的指引，我看到坐在不远处绿草地上的祖孙正说着什么，祖孙两人衬着夕阳，成就一幅温馨的图画。那长者的白发让我想起父亲，于是又一次习惯性地仰望苍穹。因为内心固执地认为，去世了的父母是经历完了尘世的痛苦，到天上做了无忧的神仙，他们的目光无处不在，时时关注着自己的儿女。我在一次次仰望中，与他们凝视的眼神相遇，以解思念之苦。

今天，天空有些低矮，云彩有些发黑，可能是因为污染吧。没有像往常一样看到父母的容颜，我惶恐而又快速地将父母微笑着的表情放在云彩之上，心里似乎轻松了一些。就这么傻傻地仰着脸，不知多久，女儿轻轻地拉我的胳膊，又扳我的下巴，让我看向她。孩子的稚气、固执让人心疼。

"叮叮当当……"又一次走到药王庙前，又一次被这庙檐上的风铃声触动。这风铃声传递着一份苍凉，犹如沙漠驼铃，传递着无奈离愁，又如这千年古刹，浸渗着枯寂虚空。

药王庙本在高高的山上，为纪念唐代大医学家孙思邈而建，一间土房在风雨中屹立经年，后来坍塌了，改建成了现在规模恢宏的样子。由于经常从这里经过，这精巧的飞檐，这叮当的风铃，是那么熟悉与亲切。

然而这叮当之声，总是在不经意间入耳、入心，无论是黄叶飘飞的深秋、严寒难耐的隆冬，还是斜风细雨的暖春，无论你当时的心情如何，听到这声音，都会被它苍凉的味道吸引和感染，被一种惆怅淹没。

有时也提醒自己，这是一座新建筑呢，可下一次听到这声音，还是一样的心情。也许是我性情里本来就沉淀着这些情愫，而这铃声，就是引子。听到它，不由得就生出诸如岁月、离别、无奈、感伤之类的情感。

落日正一点点沉落，四周的景致有种静谧的美丽，孩子的情绪完全好了，她一个人在前面轻轻地唱着，跳着。

我的思绪试探着走向深入。其实，一年也罢，一千年也罢，无非是一个开始和一个结束的距离，一段有始有终的光阴。就像潮起又潮落，风起又风住。也如那世间的情，有相聚，就注定有流散。人类绵延万年、百万年，还不是历史长流中的一瞬，还不是像这一阵晚风般轻飘而过？然而在聚散之间、在厚重与轻飘之间，是可以把握的当下，付出你的爱和努力，放慢你的眼光与腿脚，去体验，去经历，让此生无憾，其实已是大修为。

暮色渐浓，人烟渐稀。思绪可以飞越千里，生活还要实实在在地面对，那是身体和心灵共同的依托。于是我握紧女儿的手，加快了回家的脚步，孩子的作业还没有写呢。

秋

一

立秋后连着下了几天雨,洗净了天空,洗净了树木和道路。天晴了,高远的蓝天白云朵朵,葱绿的树冠在天际勾勒出清晰的轮廓,公路上车来车往,也少了往日的烟尘。

心情仿佛也被冲刷,胸中忽然间有了"晴空一鹤排云上,便引诗情到碧霄"的豪情,有了探索"山明水净夜来霜,数树深红出浅黄"的兴致,产生了对"落霞与孤鹜齐飞,秋水共长天一色"的美景的向往……

秋天是让人心动的季节,一草一木总关情,提醒我时光的脚步是怎样的匆匆,提醒我物换星移是怎样的不可阻挡。

秋水共长天一色?让我想起了黄河。有幸生活在它的不远处,最熟悉它辽远的堤岸、婀娜的垂柳、翩翩的白鹭，还有它永不停息的流淌。有段时间没去它的岸边了，秋色渐浓，那里的美始终与别处不同。

二

天亮得晚了。盛夏时五点天已大亮，而今六点了天还有点昏黑。

我总是醒得更早一些。醒来稍躺一会儿，就起床做早饭。

幼年时瞌睡多，我们还在沉睡中，母亲就起床做饭了。偶尔醒来，看到母亲在晨光熹微里起床劳作的身影，这一幕就印在了我心里。

如今，清晨为家人做早饭，做得心安，做得自然。一粥一饭，是平实的日子。

三

生命仿佛也到了秋天，心境平和多了。

曾经，许多事都可以搅扰心情，为纷繁的事务烦，为被动的应酬烦。别人的一颦一笑，抑或一草一木，都会让自己情绪产生波动。

那一天，试着坐下来，去面对搁置良久的棘手任务，细想解决的办法，原来它真的可以很简单，简单到做起来行云流水，又势如破竹。原来困难和责任之间，需要的只是一个心境。是秋凉的提示吗？做事做到稳妥，相处处到安心，该是最朴素的标准。这应该也是秋天以其特有的韵味所给予我的启示。

四

有好长一段时间睡眠不好，体检报告也不再一路绿灯。许多细微的迹象，提示我生命如秋天的树叶，可以依旧葱绿，但是已然有了岁月的痕迹。

我的生日在秋天。几年前爱人和孩子在这一天抱回来一盆幸福树，枝叶葳蕤，郁郁葱葱，连着几年都长势旺盛。后来一个冬天外出，春节回来时发现它所有的叶子都干枯了，舍不得扔掉，搬到阳台上，它就满树黄叶，静默在那里许多天。一个周末整理阳台，看到它，惋惜之情犹在，看花盆还能用，就把它干枯的枝叶清理了。谁知没过几天，它又神奇地发芽了！经过一个夏天的生长，它重新长成了原来的模样，两棵并排的茁壮的树干，扎根于长着青苔的泥土，葱茏的枝叶在树冠处会合，片片绿叶反射着日光。

幸福树，最好的生日礼物，胜过许多祝福的喧嚣。

五

剥一颗煮花生，品尝带着泥土清新的香甜，啃一口玉米棒，籽粒饱满的劲道里，有阳光的味道，再将老南瓜打成汁，热热的，香香糯糯，入胃入脾又入心。

秋的果实特别养人，细嚼慢咽之间，让筋骨依然强壮，让眼睛依然明亮。

六

世界如此美丽，让我们从秋天再出发，一路向前。

又见星空

新冠疫情改变了生活节奏，不能上班，不能上学，却意外地使一家人可以朝夕相伴。

家有学生，一日三餐须用心照料。女儿上午下午有学校安排的网课，她每天中午看一会儿视频，睡半个小时，晚上去三楼跑步机上，一边走一边看自己喜欢的电影，学习锻炼两不误，她过得优哉游哉，竟然做到了十几天不下楼。

今夜像往常一样，她要求我把她送到楼上。我们手拉手走上楼梯，穿过走廊时她忽然说："妈妈，今天的星星好亮啊。"于是她搂着我的臂膀，我们共同来到室外的露台。

屋脊在漆黑的夜晚勾勒出浓重的线条，偎护着我们，让人感觉到安全。线条之上是深蓝的无垠的星空，大大小小的星星，繁密地悬挂在天空，远的近的，无声却又似乎喧闹地挤在一起。这个景象让人惊奇，孩子用欣喜的语气说着什么，而我似乎看到了北斗七星，指给她看，她惊奇地说："看到了！北斗的柄是指向正北方的那几颗吗？"我想应该是的，久违的星空，有多少年没有看到了？又有多少年没有心思抬头去寻找它？

星空是人类的好朋友，古代的先民总是夜观天象，仰望星空，把自己的情感和生活融入这个奇妙而博大的宇宙。近日居家再读《诗经》，先民与星空的对话屡屡入眼，"七月流火，九月授衣"说的是季节的变化，"定之方中，作于楚宫"说的是在合适的时间做合适的事情，"嘒彼小星，三五在东"说的是古代的小官吏披星戴月忙于公务、夙夜在公的勤勉情形……先民们用心灵与星空对话，虔诚，淳朴，而又浪漫。

"七月在野，八月在宇，九月在户，十月蟋蟀入我床下"，《七月》是《诗经》中最典型的农业生活诗，其间，所吟咏的苦与乐都是那么美好，令人神往。这里的户，就是房屋或家的意思。孩子早年的童书里有三只小猪盖房的故事，而我们有幸在30岁的时候，满怀自信与浪漫，又脚踏实地地筑起现在居住的这座房子。当年曾为它的设计陷入深思而夜不能寐，也曾流连在密密的建筑支架间满怀憧憬，曾在刚刚封顶的那个傍晚，第一次在新的地点新的高度，看夕阳沐晚风，与那个执手之人并排而坐，笑谈要在楼顶培土，然后种上浪漫的郁金香，彼时彼刻，年轻的心里，感觉过生活如花般绽放，当灯光第一次在楼上亮起，感受着清风满楼；当第一次在春天的早晨，透过窗子看到远远的山岭上的油菜花开，当斜阳将金色的光辉洒满房间，与亲爱的父母闲话家常……所有的美好都来得那么清晰而又强烈。

今夜，仍是这个露台，我被孩子拥抱着共同仰望星空，她已长大，这个"非典"之年出生的女孩儿，她的身心都已经让我感到实实在在的依靠，我们共同望向北斗七星，女孩多的是美丽的遐想，而我的思绪里有回忆，有当下，也有将来，在我对未来的设想里，应该与她的遐想有美妙的融合吧。

匆匆的岁月里，我极少在这露台逗留。今夜，和女儿共同望向星空的美好，是这 20 年的等待吗？如果是，也应该算是值得了。

星空一直都在，它默默俯视着人间。多么希望它满怀慈悲，给世间奔走的人启迪一些智慧，让这个世界少一些灾难，多一些平安。

半盏红酒

近段时间睡眠不错,今夜却又早醒。

有些冷清,有些怅惘。一些不如意,让人感受到世道沧桑。

打量内心,忽然看清自己,宁要相伴而舞的灵魂,不接受仰慕宠溺的眼神,生活中求新求变,多风多雨则在所难免。

然而没有谁的人生可以一直静好,有多少辉煌之后的凄然落幕,又有多少完美背后的不忍目睹。

"孰能浊以止,静之徐清?孰能安以久,动之徐生?"谁能在浊世中慢慢修习到身心清静?大道好轮回,在恢宏的律动里,不改初心,终要迎来从容。

人生可以期许百年,下半场刚刚开始。多了些积淀和沉稳,今后的路,应该快乐而舒心。

心情上扬,竟没有了睡意。披衣起床,斟半杯酒,来到阳台上。

远远近近的灯光将房屋和树影从不同角度投射,与白天里的阳台有不同的意境。一声蟋蟀叫，令我有些意外，应是今夏第一声。

桌前椅上，呷一口红酒，苦涩与甘甜杂糅的味道极具渗透性，在味蕾上慢慢弥散，经由口喉，将丝丝火热引向肠胃，熨帖身心。

抬眼，梁架边上有一颗星星，再看，原来是两颗。它们仿佛在和我对视。它们怎会与我对视？它们看得久，看人类千万年生生息息，忙忙碌碌，看屋檐下的岁月静好、天宇下的夙夜奔波，它一直在，而我，只是一瞬。

那就活好这一瞬吧。佳酿入喉，暖流上涌，化作脑里一团温暖的混沌，眼皮有些发沉。

一丝夜风送来蔷薇和茉莉的花香，我知道它们白天里娇艳和洁白的颜色，离我咫尺，在这夜里却只看到美丽的剪影。

起身，回到床上，与夜共眠，才是眼下最该做的事情。

初品龙井

龙井茶，产于杭州附近的龙井村，这曾是我对它的全部印象。

家里有一包龙井茶，从春天放到了秋天，放得上面的灰尘都有点擦不干净了。顺手拿起放进包里，准备上班的闲暇时间沏来解渴。

不知从何时起，身边爱茶的人多了起来，与茶有关的知识也多了起来。今天兴致不错，拿起这包茶时，竟去百度了一下，查了查它的特点、营养价值及冲泡方法。依次拿出玻璃杯，投茶、冲水，观察怎样的一枪一旗在水中沉浮。

茶香让我耳目一新，茶形与茶色的美丽同样也让我意外。那一杯清绿里，每一片茶叶上都有两个芽尖，一个竖立着，一个向侧面舒展，可不就是一枪一旗吗？它们汇集着，涌成生动的森林，又在沉浮中聚集成万千花朵儿，脉络清晰，形象生动，配上那嫩绿，竟美得引人遐想。这一时刻感觉特别新奇而美好，四周是那么宁静，仿佛能听见自己的心跳，而心情是和乐安详的，目光所及，一切都是简单而又美好的样子。

我的生活里原本没有茶。今天的这一杯温润与碧绿，让我看到一路走来的自己，肩上有厚厚的风尘，心中有浮躁的情绪，似乎可以放慢脚步，稍作休整再出发。茶无声地走进了我的心里，那么温柔地引领我，到一个欣然的境地，不由得想起那句话："在对的时间，与对的事物相遇。"

因循着这一份新鲜的好感，不久我便参加了一次茶山之行，去了福建的一个有机茶园，对茶的生长及制作有了最初的感性认识，对茶园主人的专注与执着印象深刻，算是有意让自己有了关于茶的启蒙。

余秋雨先生对茶的描述，则给我打开了一个更加美妙的世界。他说绿茶："能把漫山遍野的浩荡清香递送到唇齿之间……有一点草本的微涩，更多的却是一种只属于今年春天的芬芳，新鲜得可以让你听到山岙白云间燕雀的鸣叫。"他说："普洱茶的味道难以言表，在陈酽、透润的基调下变幻无穷，只能用比喻和联想予以定位。这一种，是秋天落叶被太阳晒了半个月之后躺在香茅丛边的干爽呼吸，而一阵清风又从土墙边的果园吹来。那一种，是三分甘草、三分沉香、二分当归、二分冬枣用文火熬了三个时辰后在一箭之遥处闻到的药香。闻到的人，正在磐钹声中轻轻诵经。这一种，是寒山小屋被炉火连续熏烤了好几个冬季后，木窗木壁散发出来的松香气息。木壁上挂着弓箭马鞍，充满着草野霸气。那一种，不是气息了，是一位慈目老者的纯净笑容和难懂语言，虽然不知意思却让你身心安顿，滤净尘嚣，不再漂泊。这一种，是两位素颜淑女静静地打开了一座整洁的檀木厅堂，而廊外的灿烂银杏正开始由黄变褐……"

余秋雨先生对茶的这些描述，让我对茶产生了无限的向往。

我的这包龙井，本是春天时一时兴起购得，却闲置一边，错过了春夏。原来它有着良好的质地与出处，而我却一直无知无识。由此想到经手的许多东西，那些没来得及看完的书，那些很少穿起的衣服，那些生活起居中的种种物件，竟会有那么多都被我冷落了。再次拿起，会想起购置它们时的、曾经的美丽心思，再次翻阅或使用，会感叹挑选它们时不错的眼力或别样的巧思。比如今天的龙井。

匆匆向前的脚步，已让我错失了许多本该有的美好，也错失了许多在经过的路上本该早早打开的精彩之门，比如对茶的了解与学习。世界如此之大，如此之美，可以试着让自己的脚步慢一些，捡拾、回顾、再品味，伴着这清淡、氤氲的茶的气息，是别样的收获，也是从容的人生。

新的生活，新的状态，已然从这杯龙井开始。

邂逅月光

关于清晨,总有许多美好的记忆。

当万物尚未苏醒,街灯还在不知疲倦地亮着,独行的人,被四周的静谧包围着,安静里透着神秘,让自由、欢欣、希望从心底滋生;清晨特有的凉爽,神奇地唤醒每一寸肌肤,由外而内,让人觉得仿佛有用不完的劲儿。

少年时早起,与求学有关,春夏迎接第一抹朝阳,秋冬承迎最初的寒霜,有天上的星星和月亮为证,是美好的、有关青春和成长的记忆。

再见清晨的明月,是很多年以后的事。为了改善体质,接受医生的建议我开始晨跑,从此运动成了每日不可少的内容,一发而不可收。后来,因为考虑到空气质量问题,晨跑变成了下午运动。

昨夜睡眠不好,索性早起,不期邂逅了明亮的月光和闪耀的星星,相比断断续续的没有着落的梦境,月光和晨星是那样清晰,那样真实,那一刻有些吃惊,有些欣喜。

　　这是秋末冬初的清晨，西天上皓月当空，清辉里泛着金光，明亮的星星，在月光的旁边眨着眼睛，不远处高高伫立的烟囱，飘着稀薄的白烟，仿佛被风吹散的蒲公英的种子……"社会在进步，环保有力度"，看来真不是一句空话。

　　我很快跑起来，感觉腿脚如少年一般矫健。心想，如果少年时的晨跑是为了理想，那么我今天的晨跑，就是为了邂逅美好，人生无止境，人生处处有风景。

　　这样想着跑着，很快就到了植物园，那个一年四季都漂亮，一天任何时段进去走走都倍感舒适的地方。大门往西的路边，那片松树长得更加高大挺拔，月下的树荫与白天相比是另一番景致。树影投在路上，成就美丽的画面，穿行在树与影之间，是一种美的享受。

　　想起韦应物那一句"空山松子落"，原诗四句，分别是"怀君属秋夜，散步咏凉天。空山松子落，幽人应未眠"。唐朝诗人一千年之前在秋夜怀念朋友，想象朋友所在的山中应该也非常安静，安静到可以听到一颗松子掉落的声音，而此刻朋友应该也还没有入睡吧，语淡情浓，对朋友的思念之情更显真挚。

　　一千年后的今天，借由类似的风物，不期然我仿佛走入"空山松子落"的安静之境，仿佛与诗人的思维有了一丝沟通，感觉人类的情感真是神奇，不因时间的漫长而磨灭，甚至连丝毫的磨损都没有。

感谢月光，感谢今日的邂逅，于清静之中让我感受美，感受丰富与隽永，心情于无声处得以净化和提升。

此刻的植物园是多么宁静，我望着那些松树，心想，如果掉下一颗松子，我一定也能听得到……

健步如飞

那年，我开始了晨跑。

在清晨的静寂里，轻轻起床，走出家门，有那么一丝壮士出行的豪情。

万事开头难，一会儿就累了，腿发软，胸口发闷。就给自己找目标，前面的一棵树、一座楼，都曾是我努力超越的目标。试着在感觉心慌气短时控制呼吸的深度和次数，慢慢学会了调整呼吸。再后来，试着计步，奔跑着的心情慢慢变得专注而沉静。一个月下来，一口气跑上三千米已不在话下。哪天不出去跑跑，好像少了什么似的，不舒服。

走出家门，将自己融入每一个清晨。无论冬夏，早晨的空气总让人兴奋，活泼地唤醒了我的每一寸肌肤，扫去夜来无痕的惆怅烦忧，让许多白天里的困惑也豁然开解。

天气从来不能阻挡我的脚步。微风细雨中，柳条轻漾，燕子低飞，是温柔的宁静；北风呼啸，雪花飘落，给发烫的脸颊降温；月明星稀，朗朗乾坤，体验众生沉睡我独醒；秋虫吟唱，月辉清亮，漫天的星星赐我浑身胆气……

市区的每一条大路小路我都跑过，亮了一夜的路灯倦倦地和我打招呼。城郊小山上每一个转弯温柔地接纳我，每一个上坡下坡或长或短考验和奖励我，每一棵树或静默或招摇地看着我。

在清晨的宁静里，留下我清晰的脚步声，也放任了我自由飞翔的思绪。

父母相继去了，感觉自己孤独地走在这天地之间。晨跑的时候最愿意和他们对话，从清晨的天幕上，看见父亲母亲的脸，看见他们对我的凝视，无声与他们诉说。

有时候跑步回来，家里仍是一片静悄悄，自己轻轻地来去，似乎没有留下丝毫印痕，连自己都怀疑真的跑了吗？唯有通畅的身心能做证。

晨跑如人生。你一路走过，也希望被陪伴被呵护，但少不了的，是孤身一人的体验与锤炼。

蓝天白云下，沐着金色的阳光，健步如飞，已是上天的恩赐，怎能不珍惜？

昨 夜 风

柔和的灯光，安静的四周，有汽车驶过的声音，一次又一次，却不是他回来的信息。

做完了诸如家务等该做的和想做的所有事情，又浏览了很长时间的微信朋友圈，直累到眼发昏心发慌。时针指向晚 11 点，疲惫至极，还是没有他回来的消息，我决定不再等。

今夜有风。

有风的夜里，总有些声音似有似无，传送些不安宁的因素。有时候刚要睡去，却有明显的响动，睡意，经常就这样没有了。

最熟悉夜的风。春天的风浩浩荡荡响彻宇宙，冬天的风凄厉鸣咽裹着寒气，总是几夜风过，天气就剧然变化了。

经常在有风的夜里无眠，尤其是家人未归的时候。风带来响动，让夜无法宁静。心中有些牵挂，那牵挂的情绪如风，倏忽而来，有时轻微，有时急剧。久了，心中会有一些苦涩，希望良人早归，把风关在门外，只留下屋里的安宁。

青春梦想里的豪迈情人，如今是携手走过长长岁月的家人，在同一个屋檐下，相守又相互牵挂。

今夜，听着风声，希望自己能沉沉睡去，让牵挂变成安详，让生命在酣眠中自我修复。

却又不能。体力与心力都疲惫到极点，不想睁眼，不想干任何事，意识却顽固地清醒着，那种无能为力近乎绝望的感觉，让人仿佛触摸到了生命的底线。

闺密告诉我，她的信佛的姐姐教她失眠的应对方法是：躺下，在心里一遍一遍默念"我不是我"。起初不解，后来想应该是教人放下"我执"的一个办法。我试着去做，有时候也管用。

今夜也用这个办法，试着把黑夜里的自己躺成虚无。

心里默念"我不是我"，念着念着，忽然好像明白了，我就是我，我之外是整个世界。世界可以到我的心里，我坦然接受，只是我也要能坦然放下。就像这夜的风，曾经在生命里无数次搅扰我的清梦，我接纳它，也要试着能把它从心里放下，让它回归为那一缕无意的风。

想着想着，竟睡着了。

昨夜长风，是生命的印记，也是成长的印记。

山 的 那 边

周一，有些忙碌，有些疲倦，以至于傍晚下班的脚步有些迫不及待。

走在回家的路上，没有落日熔金的美景，没有秋高气爽的清风，昏暗的天空下，是熙来攘往的车水马龙，忙碌的世界，陌生而又无奈。

踽踽在人行道上，看近旁的那些树那些花，沉郁地静默着，仿佛厚厚的灰尘，已经使它们不堪重负。

希望能去山顶走走，放松一下僵硬的身心，却意外去了河边。

山是邙山，也叫邙岭，自秦岭山脉向西逶迤而来，在这一段趋缓，是谓岭。河是黄河，从所在的夏商古都翻越矮矮的邙岭，就到了三千年前周武王会盟八百诸侯的孟津，而这里，也是黄河中游和下游的分界点。

汽车一路向前，当梧桐开始夹道，穿过一些村庄，静静的黄河水就在不远处缓缓流淌，辽阔的景象让心情也一点点开阔起来了。

103

广袤的河滩，夏日里是"漠漠水田飞白鹭，阴阴夏木啭黄鹂"的景象，而今稻田不见了，黄鹂飞走了，代之以小树林般整齐的秋玉米充实着大片的田地，还有抽干了水的荷塘，有待从里面挖出的新鲜的莲藕。那泛着天光的片片鱼塘，制氧机造出朵朵喷泉，传递着温润柔软的气息。

堆岸的杨柳，在微风中摆动，细看少了春天的轻盈与飞扬。静静的河水，如一条玉带，宽阔的河床却展示着粗犷的流向。

山河不言，却愈显厚重。这黄河，少说也有一万年了吧，在永恒的时空里奔流不息，滚滚向东，虽有改道，却终有踪迹可寻。人不在的时候，它已经在了。人来了，在它的身边聚集、生息、离散。人不知走向何处，而它依然自顾东流。

回望邙山，暮色里的峰线更显柔和。对于生于斯长于斯的我，它实在太平淡无奇。然而它无声容纳着六朝二十四位帝王，以及皇皇历史中无数公侯将相、文豪巨贾，让创造历史或者影响历史的他们，得以在不远处静观，看自己走过的热土，精彩不间断上演，历史的车轮依然滚滚向前。

在山与河之间，绿树自然生长，庄稼秋收冬藏，水村山郭里，有温暖的炊烟袅袅升起……

思绪如我的脚步，轻松放任而自由。

当秋日暮色将远远近近的风景朦胧成一幅水墨画，行走在堤岸的我，竟产生了不知身在何处的惶惑。在需要行万里路读万卷书的人生里，渐渐发现许多千里万里慕名而去的风景，其实与你眼前的景色相差无几，不同的，也许只是心情而已。

夜色笼罩四野，没有星与月，只有同行人的脚步声。一个骑自行车的老者唱着歌悠悠而来，歌有些古老，声有些苍凉，他从身边经过，又轻轻而去，身影和歌声像极了秋天里一缕舒缓的微风。

秋天实实在在地来了，紧接着冬会来，河面会结冰。当然，当冰融雪化，雎鸠鸟响亮地鸣叫，春天就又回到这里……

夜凉四起，驱离白天的燠热，曾经沉沉的倦意不知何时去了哪里。

矮矮的邙山，一边是繁忙和拥挤，一边是田园和自然。而我要做的，也许就是时不时翻过它，去到山的另一边，在自然的怀抱，让一颗心舒缓。

美丽的椿树

小时候家附近有棵大椿树。春天它早早发芽,将生机高高举向蓝天;夏天它亭亭如盖,给行人撒下片片绿荫;当秋风渐急,它长长的羽状的枝叶簌簌落地,风干的种子一丛丛一簇簇,在寒风里瑟瑟作响。大椿树它默默站在那里,陪伴我的成长。

后来在自己小小的家,小院的一楼的小花坛里,有一年春天,不期然长出一棵椿树。刚开始它很小,就像一棵小草,可是长得快,到冬天的时候,已经有半米高。当春风再起,它神奇地又吐出新叶,迅速地成长起来,成为一棵名副其实的小树。到了第三年,它的树冠已经高过围墙,可以为我们奉献绿荫了。后来这套房子转手他人,当时我们还想它会不会被新主人留下来。有一次从围墙外经过,远远就看到它挺拔的身姿,高出围墙许多,我心里默默对它说:小树啊,你就好好地陪伴新的一家人平安生活吧。

现在想来,它源于一颗被风吹来的种子,在小院的角落安顿后发芽。由此又想起多年前的一件事：那年母亲腰疼，去医院看效果不好，一度站立不起来。被吓坏了的我们，慕名从远处请来了一位信神的先生。他高大魁梧且话不多，进家后在堂屋坐定，简单问了几句母亲的病情，忽然说："院子西北角的椿树是谁刨的？"他白白的皮肤，大大的眼睛，冷冷的眼神扫过我们姊妹几个，我忽然就感觉脊背发凉，仿佛神灵就在身边而我却看不到。

他第一次到我家，怎么知道那里有椿树，怎么就断定是母亲刨的？刨树和母亲生病有什么联系？病急乱投医，自然是按照这位先生的盼咐买药并奉上虔诚的酬金，只是母亲的病最终是到正骨医院做了手术才慢慢痊愈。回想起那位话不多的先生，在下车进门前是在我家大门外面站了一会儿，看了一会儿的，而家西边的那棵大椿树就在那里。他是在做合理的推理吗？不知道，但现在也不想再知道了。

而今单位门前的大路两边，种的就是椿树，它们一年年长大，已经是一道美丽的风景；开花的时候花香满路，细小的黄色花瓣洒满地面；中午的时候有小小的绿荫，为散步的我们遮挡太阳；而在冬天的阳光里，它们的枝干的影子铺在路上，就是一幅美丽的画面。

椿树是古老的树种，"乐而不淫，哀而不伤"的

《诗经》里有它的身影，恢宏豁达充满智慧的《庄子》里有它的故事，我们的生活里也时时有、处处有。它们就在那里，装点美丽的风景和我们的心情。

比如这个美丽的孟夏的清晨，我选择步行走在它的绿荫里，走在美丽的心情里，开始新一天的工作和生活……

我的风信子

多年前，在花卉市场看到一些如洋葱、如水仙一样的球茎，被告知是诗歌中万般美好的风信子。

卖花人给我几颗，作为赠送，并嘱托我养育的方法。它们很小，还不曾开花，几片叶子实在不景气，就把它们放在书架的角落。春节前后，牡丹、杜鹃、蝴蝶兰争奇斗艳，点亮和温暖着你寒冬时的心情，你无暇顾及角落里小小的它们。直到春节远去，天气渐暖，它们无声却淡雅地芬芳起来，在午后的静默里，平添许多温馨和美好。

风信子清雅的芬芳让我怀念，于是去年深秋我网购了一棵。一个小小的球茎和一个小花瓶共同装在一个小小的纸盒里，从千里之外而来，实在是太普通。

我重新搜索了风信子的养育方法，并保存下来，心不在焉地按照方法，给瓶子注水，把球茎放在瓶口，置放在洗脸池下方，几乎忘了它。等我弯腰找东西看到它，已是一个月后，球茎下方接触到水的地方有了几根两厘米长的白色的根芽。按要求再次给它换水，蒙上黑布，又静置一边。又是月余，这次它白色的根须几乎占满了整个水瓶……然后是一星期换一次水，有太阳的天气把它放在窗台上晒一晒。终于，在那天早晨，在蓓蕾初绽的几天后，那些准备开放的小花朵变成了淡淡的粉色！再后来，它就盛开了，粉粉的花朵细而多，簇拥着，娇艳而丰满，香味是那么清幽美好，有很强的穿透性却又那么柔和。它，就在我的案头，每天陪伴着我！

回想几个月来，我只是以平静的心情，做了该做的事情，希望它好，但也能接受它不发芽不开花的结局，它能够完美绽放，也使我倍感欣慰。

其实生活中的很多事，都应该以平常心对待，农耕有时，花开有序，做你该做的，平静地接受结果。

我的风信子，小小的，却是美好而神奇的，就在我的桌案，与我日日相伴。

小 小 橄 榄

"外婆给我一枚小小橄榄/啊　又涩又酸又涩又酸/我随手就把它　把它抛掉/扔得很远　很远……过了一会/嘴里泛起回味/啊　清香甘甜　清香甘甜/我回去再找那小小橄榄/再也找不到那小小橄榄……"

这是早年流行的一首台湾校园歌曲，我和我的同龄人曾无数次吟唱，穿过长长的岁月，仍然觉得它很美。

先苦后甜，回味无穷，是小小橄榄给人的感受，就像我童年曾经历的贫穷一样，最初的苦涩来得真切，苦涩之后的感悟及收获，也让我真正体验到了清香甘甜。

往事如烟，有些经历却依然历历在目。

时光回到童年，当布谷鸟的叫声划过清晨的天空，把我们从梦中叫醒，喜悦的心情也由此生发。布谷鸟来了，又到了麦收时节，我们就快要能吃到白面馍了，一日三吃的粗粮早就吃得无可奈何了。伴随着天越来越热，麦田变得更加金黄，怎能不叫人向往？也有烦恼，气温升高，厚衣服却脱不下来，因为我没有薄衣可穿，以前的都旧了、小了、烂了，新的还没有踪影。走在上学的路上，坐在教室里，身上厚实的衣服捂得我一阵阵烦躁。我多么想要一件又轻又薄的衣服啊，哪怕是旧的也行，可是给母亲说了几次，委屈得都快要哭了。一天放学回家，母亲让我试新衣服。那是怎样幸福的感觉啊！母亲居然花钱从城里买了一块儿花洋布，还做了新颖的款式，那布是淡黄的底儿，上面有鲜艳的细碎的树叶一样的图案，好看极了。我将衣服穿上，与自家织的粗布相比，它是那么光滑，那么轻，那么薄，那么漂亮，我感到我是多么幸福，仰着脸傻傻地看着母亲，母亲也看着我，我们都笑了！

小时候的日子是清苦的，我们很少能从父母那里要到零花钱。要不来次数多了，也就不要了。

学校在村外，不仅有早自习，还有晚自习，我们就每日在学校和家之间步行四个来回，早晚披星戴月，白天阳光雨露。最难忘秋天的连阴雨，下起来没完没了，上学的土路因为走的人多而格外泥泞，一个一个的水坑，让你想一路走到学校而不弄湿鞋子成为幻想，只好一手提鞋子，一手拿着一块儿遮雨的塑料布，赤着脚涉水而行。这时候虽然有同学结伴，但大家都不说话，因为每个人的注意力都在天上的冷雨和脚下的泥泞上。白天也就罢了，在深秋的早上或者晚上，走在泥泞里脚是那样冰冷，让你不由得打冷战。极少数学生家里条件好，会穿一双雨鞋，我们叫作胶鞋，可能是橡胶做的，黑油油泛着亮光，真让人羡慕。不仅是好看，它还将泥水挡在了脚外，那雨鞋里的一双脚得是多么干爽，多么温暖，多么舒服啊！但是雨鞋是很贵的，家里不可能买得起。想起那冰冷的、粘腻的、肮脏的泥水，一阵无奈从心中划过……

有天夜里，又一次听着淅沥的雨声、伴着对上学之路的忧愁睡着了，竟做了一个梦，梦见母亲给我买了双乌黑锃亮的雨鞋，我穿在脚上，再次走在泥泞的路上，感觉是那么舒服！然而那不过是一个梦，雨鞋最终也没有买，后来上高中在学校寄宿，再后来上了大学去了更远的城市，它就没有那么必需了，渐渐淡出了我的生活。但是，那种双脚刚从温暖的被窝出来不久，就不得不一次次踏入冰冷泥泞里的无奈，以及求而不得的苦涩，却深深地留在了我的记忆里。

今天的物质是极大地丰富了，我们有多少双鞋子，有多少套衣服，有多少东西因为多而让我们心烦？在某一个静下来的时刻，想想当年求而不得的无奈，你会发自内心地珍惜当下，会惜物，从而把有用的东西送给最需要它的人。会脚踏实地，不逃避不徘徊，去改变自己的现状。会珍惜走过的奋斗之路，把它作为你前行的内驱力……

这经历与感悟，不就像那枚小小橄榄的滋味吗？

浪漫巧克力

放学路上，孩子要酸奶，父女俩去了超市，回来手上多了一盒巧克力。女儿说"爸爸买给你的"，坐在沙发上的我笑了笑，因为我知道最大的可能是孩子执意为我要的，而他只是无意地买。

明天是2月14日，西方情人节。从书里抬起头扫了一眼，只见心形的盒子，满满地装着金色包装的球形糖果，在灯光里熠熠闪耀，很是漂亮。再想想它浓香的味道、浪漫的象征，不自觉地又看一眼，忽然灵机一动，这么好的素材，让我发到朋友圈里做个游戏。

衬着沙发的红色，我用手机照了一张巧克力的图片，配上三个笑脸表情发到了朋友圈。很快，"费列罗，叔叔给你买的吧！"一个"小美眉"评论。紧接着，关注纷至沓来，点赞的、评论的络绎不绝。

羡慕的，祝福的，将信将疑调侃的，神探柯南般分析判断的，林林总总。我不说一个字，只回以几个常用的表情，就让亲爱的朋友们去猜吧……

浪漫的巧克力象征的爱情和甜蜜其实就在许多人的内心深处。羡慕的，请继续相信人间有真爱；祝福的，也请为自己的爱情许下誓言；将信将疑的，请保持这种状态，在生活里不要太过刻意，要有所期许，也要保持淡然，这种状态挺好；分析判断的，也可以评估一下，沧桑之后，可否赢得属于自己的真心巧克力。

一盒巧克力，一道甜蜜的思考题，娱乐大家，也娱乐了自己。在这期间，我感受到了朋友的关怀和温暖，又一次，我快要相信爱情了。

冬季到台北来看雨

冬季到台北来看雨/梦是唯一行李/轻轻回来/不吵醒往事/就像我从来不曾远离……

这是我一直喜欢的一首歌，空灵婉转，满满的美好。歌者孟庭苇，也如这首歌一般美丽而知性。

记得这首歌刚流行时，我上班不久，常坐的那辆长安牌面包车，在当时的办公装备中也如这首歌一般时尚，而开车的人，经常是那个稳重的、有着一双大眼睛的同事兼学长。他开车的时候，我总能听到这首歌，让我不由得猜想：成家立业的男人，不妨碍是个内心浪漫纯情的人。

熟悉这首歌以后，曾经一遍遍听，一遍遍地喜欢。也许是因为当时的我还深深地跋涉在多愁多梦的季节，这首歌给心情以温柔的抚慰。

岁月无声，却改变了许多。

不曾想，与这首歌多年后不期而遇。熟悉的旋律，却听到了新鲜的歌词。"街道冷清，心事却拥挤"，这一句应该是原来就有的吧，可这么多年听了那么多遍，却没有注意到？

谁没有在冷清的街上心事重重地走过的经历呢？有句话说你心里有什么才能感知到什么，可能就是现在这样吧。

"我还是我/oh 你还是你/只是多了一个冬季。"人和人，相聚在生命的一隅，相识相知，温暖几许，美好几许，可是有一天却因为某些原因要分开了。在转身的刹那，可有决绝与赌气，可有不舍与忐忑？终于分开，重新开始一段旅程，当旧的已经淡去，在每一个午夜梦回，昨日重现，又有怎样的感慨与怀想？人还是当年的人，心却多了一些岁月赋予的沧桑。那么，相遇时请真诚，转身时请理智，再见时请从容。

不知不觉中，我竟跟着哼唱了起来，却被旁边的孩子打断，她已从睡梦中清醒了过来，坐直了身子，笑我唱得难听。求学季的孩子，如稚弱的小鸟刚刚在天空展翅，世界之大在她面前正徐徐展开，人生的况味，那是她明天的课题。

我无语，也不再唱，嘱咐她过马路小心，远远地看她从车流中穿过，走进学校。

那美好空灵的旋律，又在我的耳边响起，也许，是从我的心里响起。

十五的月亮十六圆

《十五的月亮十六圆》是一首唱起来舒心的曾风靡一时的流行歌曲，回想着歌曲的旋律，过往的岁月与心情也浮现在眼前。

曾经无数次期待十五月亮的圆满，也曾经无数次惊喜于十六的月亮更圆，而今的心情，关于月圆月缺，却是一种温和的淡然。

农历八月十六这天，上午去单位加班。工作赋予我的心情的沉静、思维的缜密、抉择的勇气，这些庄严的正能量，让人由衷地感恩。节假日偶尔加个班，从内心里感觉是最正常的事情，再不是多年前的小年轻，为加个班而计较不休。

中午一大家子聚餐，济济一堂，和善与亲情温暖着在座的每个人。在经历了孩子幼小、为生计各种奔波之后，姊妹几个的日子都过得更好了，孩子们也都长大了，且女儿皆秀丽，男儿都帅气，他们的眼神都那么纯净，望向你时满是尊敬，更觉得不虚此行。

午后植物园散步。清风吹拂着树林,让人赏心悦目。终于可以和女儿例行畅谈,这对于我们彼此都是一种必需。有时候她说我听,她的述说是宣泄也是梳理,我的点评是建议也是匡正。有时候我们有问有答,让我对她的状况有了多方面的了解;有时候我们会讨论一些具体的事情,她的想法和建议总是出乎意料地好。足足走了五圈儿,走了超过一万步,我们才意犹未尽地离开。

下午窗前,一杯茶,几句话,说的是各自的见解,却不曾有争执的心思,岁月终于让两个好胜的人做到了和而不同。一屋二人三餐四季,清风满楼,茶香袅袅,仅此就足以感恩。

不知不觉中,暮色已在悄然酝酿。何妨,那就点一盏温暖的灯。

心意至此,笑意已在嘴角,却忘了看今夜可有月亮。今夜有没有月亮,其实月亮都在那里,也可以在你心里,只要你愿意。

心情如风

一个人静静地在风景优美的园林里走一走，看一看，会是怎样的心情呢？

很幸运在孩子暑假期间我请到了公休假，每天接送她们之余我有了一些可以自由支配的时间。很幸运每天路过这里，可以在闲暇时进去走走，感受自然与人文的和谐之美。

七点刚过，阳光已有相当的热度，但是我知道小路里面有充足的绿荫，而且走过绿荫稀疏的地方时晒一小会儿太阳，那感觉也同样美妙。

从东门入，迎面的启明广场连着恢宏的图书馆，无声传递着只有大学才有的厚重底蕴。我习惯右拐往北，走在主路绿化带边的小路上。这里的绿化做得好，参天的树、匍匐的藤与各色花树错落有致。有一种高大的树正开着粉色的花。在碧绿的林子里很是醒目，它们好像是叫楸树。围墙边是水系，芦苇郁郁葱葱，演绎着水边的浪漫情致，可以想象秋天时"蒹葭苍苍，白露为霜"

的别样风情。

　　紫薇和木槿却开着粉紫色的花朵。木槿花朝开夕合，唐代诗人王维曾留下"山中习静观朝槿，松下清斋折露葵"的诗句，那一份清淡和超然令人越想越有味道；柳丝依依，相比春天时的娇嫩多了一些经历风雨后的韧性；那些桃树，走过春天的千娇百媚，已是一副果实累累的样子；杨树的叶子肥厚碧绿，在晨风中不动声色地摇摆几下；更多的树叫不上名字，它们在四时律动的轮回里，以碧绿和茂盛回应夏天的热情。

　　绿色中有鸟鸣婉转。那些穿着黑白相间的盛装、翘着长长尾巴的大鸟，是喜鹊？它们尾巴比身子还长，在如茵的草地上优雅地闲庭信步；那些麻雀，不怎么怕人，身材瘦小而灵动，在枝头在路上倏忽之间就飞走了；啄木鸟头上有高高的羽冠，一只长嘴带着职业的尊严，展翅飞起时，羽衣斑斓而多彩。

　　鹅卵石拼就的蜿蜒小路，天然地能将人的心情调节到轻松的状态，让人在移步换景中，尽情享受这难得的美景，感觉心情像风儿一样自由。

　　走过东北部的树林，走过操场，西部生活区的食堂正一派忙碌，装着食材的大小汽车，进进出出卸货的工人，蒸汽升腾和各种响声，那是要准备几万师生的午饭吧。

清静的校园里,偶尔看到治安巡逻车停靠。有同学三五成群地拉着箱子,要放假了吧。前些天在五星广场的草地上戴着学士帽照相的学生们,毕业离校了吗?青春总是要多彩而多变。

长长的河园路,围绕学校一周,完整走下来要一个小时,将近一万步。但我,也只有走满一圈,才觉得酣畅痛快。

走在这里,自然的美景浸润着文明的芬芳,绿树花草掩映下的是气宇轩昂的各种教学楼和大有来历的人文景观。无论是白发长者还是青葱少年都会让你想起"谦谦君子,温润如玉"这句诗。

在这里散步,真是幸运,心情如风一般轻盈。

亲爱的朋友,你猜猜这是哪里?

花 香 袅 袅

　　干燥的玫瑰花经沸水一浇，散发出好闻的香气。倒掉头一泡，第二次加水，花瓣的颜色就淡了许多。不禁感叹花儿的娇嫩。花儿与沸水之间是成全还是毁灭的关系？水最终要融化掉花的清香，使之成为人们的一杯茶饮。

　　心情有些浮动。我知道此刻最需要的，是一段静静的时光，一杯清茶，一支笔，写一些淡淡的文字……

一

　　昨日忙碌，像每一个周末一样。家有学生，早上6：00叫她起来背书，中午和她一起看了一集《朗读者》，讲的是一个叫王选的女子的故事。王选将半生心血用在替抗日战争时期日本731部队的受害者讨回公道上，先后29次向日本政府提起赔偿诉讼，王选的努力使得731部队的罪恶正式写进日本教科书，她的正义、勇气与毅力可以作为相关主体的论文的论据。建议孩子动手整理下来，用的时候才会信手拈来。孩子本来已经困倦，但在我的坚持下，还是整理完了才去睡午觉。

下午上学的路上，我让她打开副驾驶座位前面的小抽屉取出里面的两张纸，那是我依据微信公众号"讲地又讲理"中的一篇《影响降水的因素》的相关内容做的两个思维导图，我说思维导图是很有效的学习方法，可以试着多用，也许是有感于我的用心，她温顺地同意了。

我们又共同回顾了上周《朗读者》节目对港珠澳大桥总设计师的采访，梳理了这项工程的建设如何使中国从桥梁弱国变成了桥梁大国。

记得有一本高中家长写的关于如何对待高中孩子的书，上面说，高中阶段的父母做好后勤保障就行了，可我总有太多的不放心，我希望对她的指导不会影响她的学习，不会给她造成压力，实在做不到袖手旁观。

车过郑州大学东门，本来和她说好一块儿去里面走一走，却发现她已经在座位上睡着了。想叫她忽然又改变了主意，就让她睡一会儿吧。于是没有停车，直接开到了她学校门口。

小睡后的孩子眼睛雪亮，精神饱满，自己背着书包拉了箱子，只要求我挽着她的另一只手。我俩横过马路走进校门来到教学楼前,她放好箱子,抱抱我,就上了楼梯。我看着她上楼的背影消失在楼梯的转角处,缓缓转身离开。

教学楼西边的大柳树正吐露一树新绿,有动听的鸟鸣在围墙处的树丛里响起,应该是有许多鸟在嬉戏,却并不能看到。绿柳与鸟鸣让我感受到春天的气息,然而放眼望去,路边的法桐上除了满树的球果,似乎还没有发芽的意思……

二

回去路上,西四环修立交桥已经一年多了,而今雏形已现。通往高速路口的道路,随着工期进展不断改道,蜿蜒曲折,所幸距离不算太远,很快就上了高速。

一路上什么歌曲都没有听,只想放空自己,想点儿什么或者发现点儿什么。

汽车飞驰向前。旷野让人心胸开阔。柳树年年绿,花儿年年开,北边的黄河流淌万年,我不过是它身边匆匆掠过的一只蝴蝶。蝴蝶?我笑了,要是心情如蝴蝶般轻盈就好了。放眼远望,山时而在我的左边,时而峰回路转又到了我的右边,路边土崖上的枝蔓绿了,如瀑布的悬挂之势,杨树的花毛茸茸的,在风中颤动,桐树还是一团灰黑，但是过两天满树的紫花将会装点一路的风景。想想我一个女子穿行在山中，心中豪情顿生，不自觉地嘴角上扬，给自己一个微笑……

三

下午六点到家。

打扫卫生，这是系统工程，消耗的热量足可以抵得上一万步行走所消耗的。

开亮所有的灯，轻轻地拭去台面上的灰尘，一下一下扫，一次一次把拖把冲洗干净。

我愿意释放出能量，我愿意看着在我的努力下家里一点一点变得整洁，出汗的感觉，还是不错的。

四

有一种人天生孤独。心情烦乱的时候，写下日常琐事获得平静的回归。

心情浮动，无非是一些暂时不能确定的情况，抑或是一些愿望没有实现，把这些都交给时间。

呷一口茶，玫瑰花的色彩已经变成淡淡的粉色，翠绿的花萼颜色也变淡许多，但它们依然好看，有着浪漫的风姿。

　　心已平,茶已淡,玫瑰花的气息,仍在室内袅袅……

用脚丈量

小时候，去外婆家的路很远。母亲走得快，我则需要一路紧追，但心情却是激动而向往的。

太阳一点点升高，我们已走过好几个村庄，大路上人来车往，小小的我就有一些压力。母亲话不多，一直走在前面，我不敢分神，努力地跟着。

村庄被我们远远抛在后面，长长的路连续上坡，看着骑自行车的人下坡如飞，更觉得每走一步都需要给自己鼓劲。路边的桐树、杨树很安静地看着满头大汗的我。走到开阔的地方，小路和庄稼地连在一起，可以看到麦田，秋天则能看到芝麻、高粱和棉花。看着这些景色，心情会轻松一些，再走大约半个钟头，就可以远远地看到外婆家了。

外婆是和蔼可亲的，霞表姐是美丽可爱的，院子里雪白的小兔，也像外婆她们一样住在窑洞里，只是它们的洞很深很深，深到不知道延伸到了哪里。芍表姐在果园工作，我秋天的时候去，她会把我带进去，苹果、葡萄、梨，还有西瓜、甜瓜，随意吃，看上哪个摘哪个，那感觉简直太惊喜。外婆家，是一个甜蜜温暖的念想，吸引我一次次徒步而来。

长大了，我去了更远的地方。我喜欢清晨早早起床，一个人静静感受身在他乡的风景。在旖旎的西湖畔感受苏堤春晓，在三月的婺源老街，看商铺一家一家陆续开门，在北极村，看瓜蔓爬在木板做的院墙上。有时也走在刚刚苏醒的城市，感受着不同地域的不同文化所带来的不同的城市气质。

某天，清晨两点，新婚的我们共同提着旅行包，穿越家属院长长的走道，往火车站方向而去，开启属于我们的第一次旅行。庐山的绿色已然在吸引着我们，旅行包里的吊床，也是早早准备好的。夜，多么安静，安静到可以听到彼此的脚步声；心情多么自由，像小鸟冲天一样；脚步是多么轻快，仿佛要舞动起来……

今天，我和孩子骑着单车，飞驰在都市的大街上。阳光真好，将没有发芽的树干的影子投在路上，像淡淡的水墨画。人行道洁净平坦，向远方延伸，孩子在前面飞驰如风。目光所及的路旁，经常能看到有黄色的、橘色的和蓝色的共享单车，手机扫一下车身上的二维码，开锁就可以骑了。到了目的地，脚落地，车上锁，放在路边指定的地方就可以了。科技给人们的生活带来多少便捷，生活在当下是多么幸福。

明天，还会遇见怎样的新生事物？我会以什么心情去面对？

且看脚下。

山中一日

砚台村，巍巍伏牛山一个皱褶里的自然村落，不知其名由来。

山高谷深、林壑优美处，有一连片白墙灰瓦的建筑。那形貌气度，与围拱着它的山林浑然一体。门前山溪淙淙，屋后鸟鸣婉转，一静一动之间，仿佛在讲述"山中一日，世上千年"的美丽传说。

某一日，抬脚登上石阶，走过原木合围的小小院落，推开一扇木门，在一方窗前坐定，一幅活的山景图在眼前展开。山，兀自向天；树，依山势错落生长。叶随风动，鸟鸣相和。这一番大气，让人有些意外。

朴素的饭食之后，睡一个沉沉长长的午觉，太阳偏西，慵懒地坐在几前，泡一壶酽酽的老白茶，热热的，一口一口慢慢地品，体验不慌不忙的奢侈之感。

走出门，看白杨参天，看野花灿烂，看庄稼地里的玉米、花生酝酿着秋。有蜻蜓轻盈落在女孩儿肩头，换来一串串银铃般的笑声。半圆的月亮，在金色的余晖之上，也在蓝天白云里。

静夜，盘桓于山道。路，起伏转弯，似月下飘忽的白练。夜，静寂安闲，偶闻宿鸟呢喃，几声蛙鸣虫叫。人，闲淡释然，远忧近愁，在清凉的空气里，在静谧的月下层林间，仿佛被施了魔法，不再有压力与烦愁。时间永续，谁非过客，花是主人。

静寂是基调，有一句没一句的闲聊是点缀。累了，攀着身边人的胳膊走一段，对方也是欣然配合。想起相伴走过多少路，有过多少欢喜与分歧，而今夜的月下，是如此和谐美好。恍惚间不知是在梦里还是现实里。

庄周曾梦蝶，一时间分不清是自己变成了蝴蝶，还是蝴蝶变成了自己；苏轼夜泊长江，有孤鹤掠船而过。舟中梦里，一道士羽衣蹁跹，过而揖曰："赤壁之游乐乎？"苏轼惊醒，不知孤鹤与道士哪一个是真实的。

梦与现实，有时真的是模糊了距离。

那些痴呆的老人，将至亲至爱都看成了陌生人。那是在有生之年，与曾经的生命和曾经的亲人作别。

俗语"情到深处人孤独"，又有智者说"情到深处是中庸"。

露水渐浓，散漫的思绪被一句"回去吧"生生拉回。

这一夜，依旧睡得沉，长长的午睡和酽酽的下午茶，丝毫没有像往常一样对睡眠起到阻碍作用。

"我们的桃花源"，是张总对这里的概括。那个骑行青海湖，那个博览群书，那个思绪如山泉般灵动的张总，这里，是他又一个落地成真的理想作品。

"身心的栖息地"，是我对张总那句话的应和，出自内心。

本源山居，一个可以再来的地方。

端 午 散 记

南窗下植的艾草,在我家已有三个年头。着迷于它对健康的神奇功效以及旺盛的生命力,在那个春天,寻来几棵小苗,浇了几次水,不期然已郁郁葱葱一大片。

端午的早晨,在门前偶遇东邻主妇,她说你家的艾草可以割了,今天正是时候,用红绳捆两捆,一捆放9棵,放在大门两边,最避邪了。她说得真诚,我听得入迷,于是拿来工具,在自家的小小苗圃一番收割,依样捆了放在门边。问她要不要,她说自家有。之前约好今天出游,当了五年汽车兵的侄子给我们做司机,就又捆了两捆,让孩子给住在不远处的她们的叔叔婶婶家送去,顺便和两个侄子一块儿回来,好一同出发。

幼时端午,母亲总在大门两边挂艾条,也想起数年前,邻居边阿姨每年给自家插艾时总不忘给旁边的我家也插上几棵,而今斯人已去,温暖的记忆就像艾草的清香一样,让人的心肠变得柔软。

中午时已在山里。宾馆的食堂在户外撑起一排浅黄色的帆布阳伞，每个阳伞下一张餐桌。也许来得早，只有我们几个人围在一张桌边。不远处水声哗哗，抬眼看，是一挂瀑布，飞流而下汇入路边的小河。河水的滋养让远远近近的树木特别葱绿，在阳光下愈显生动。我们坐的桌子边有一大棵桃树，让人不由得想象春天时桃花盛开的景象，一边吃饭一边赏花，那一定是另一番美妙情景。

菜还没上来，边喝茶边欣赏风景。小侄子把他的水杯放到旁边桌子的太阳下，问他为什么，他说今天是端午节，现在又是正午，阳气旺盛，把水放在太阳下晒一晒，喝完能给身体补充更多阳气。我有些吃惊，欣赏地看着这个腼腆的、身高1米90、模样与艺人鹿晗颇为相像的18岁少年。没想到，在他年轻的认知里还能关注到这些，忽然间感觉阳光、清风和看不见闻得到的清新空气都是如此神奇！

饭后到白云湖散步，一个群山环抱的湖，蓝天白云和绿树都在水里投下倒影，红色的栈道及栏杆高低错落，连绵不断，确实是一个精致灵动的所在。果然，水边有个留侯祠，是为纪念西汉开国元勋张良曾经云游到此而建。这个自幼被神仙眷顾，后来屡立奇功、被汉高祖赞誉"运筹帷幄之中，决胜千里之外"的一代贤臣名相，懂得功成身退的道理，不迷恋高官厚禄，宁愿选择云游求道。他曾在此山停留。智者所居，让本来就优美的风景更加惹人遐思。

景区的电瓶车可以免费把你送到各个景点。离这里不远是高山森林氧吧。松树和许多叫不上名字的树都长得高大而笔直，树梢似乎要与旁边的山峰试比高。树下旱莲覆庇，别有一番浪漫风情。择一处水边的石桌石凳，和年轻人打几圈扑克牌，也算不辜负这美景和充足的负氧离子。

孩子们约定次日凌晨3：30起床，去玉皇顶看日出，我表示完全赞同。学业告一段落，亲近自然，探寻奇观，是另一番学习。

自己第一次登山看日出的经历仍记忆犹新。跋涉得很辛苦，却没有看到日出，当时感觉好遗憾呀。后来又看过几次，景象确实神奇。再后来直接坐览车上去，看太阳一点点升起，变大变亮，以至于金光普照天地万物，蔚为壮观。作为过来人，我欣赏孩子的热情，也等待着他们回来诉说几多辛苦、几多惊喜或者遗憾。

次日凌晨，他们如约而去，回来时已近正午，对日出的惊奇之情发自内心，对各自的腰酸腿疼又溢于言表。我笑着做个专心的听众，听完了拍拍年轻的肩膀，为他们递上解渴的清水，感叹生命不就是这样一点点丰富起来的嘛。

又次日，已回到家里。做一顿清淡的早餐。绿豆水煮到刚刚好，仿佛一朵朵淡黄色的小花盛开在锅里。冰箱里只有洋葱和紫甘蓝，将它们切成细丝，沙沙地撒上一些盐、芝麻油、柿子醋，鲜亮的紫色不仅悦目，应该也富含花青素。每人一个煮鸡蛋、一个粽子，再挑食的她们估计也不会拒绝。

食物没有好坏之分，认真品尝每种味道，想象着它们萌发生长的美好，以及为我所用的感恩。黏糯香甜的粽子，紫米的颗粒感依然清晰，细细地咀嚼它们，想象着阳光、清风、天地正气赋予它们以香甜与营养。在这个美好的端午节，我幸福地品尝着它们，没有辜负这个节日，没有辜负自己，也没有辜负这些美食。

泡一壶老白茶，为近两天的风餐露宿做一些修护。金色的茶汤温暖而香甜，分别给孩子们端去一杯，她们乖乖一饮而尽。爬山弄得浑身酸痛？端午节还有沐兰汤的习俗。"浴兰汤兮沐芳，华采衣兮若英"，屈原的浪漫诗句与这个夏至节相得益彰。兰可以没有，但艾草倒是常备。木桶放水，煮自制的量大的艾包，浓郁的艾香氤氲，温暖的汤水滋润，任它凌晨的寒湿和攀爬的酸痛，都会在沐浴中消减以至于无形。与孩子相伴得日久，发现说教是苍白的，倒不如为她们做些最简单的事情。

昨天，在山里看云卷云舒，林木顺着山势将我的视线拉长，绿色在我的期望之上更加葱郁了。今天，在窗明几净的家里，喝茶，写字，在安静中滋养身心。

不觉中，已是掌灯时分。

（本文发表于《洛阳晚报》）

亲情，回望来处

梅　　香

有幸走过那片梅林。小路弯弯，梅树一路延伸。梅花在清寒中绽放，有粉色的、黄色的，还有绿色的。有的盛开，有的还是蓓蕾，尤其是绿色的梅花，点点花苞密密地攒在枝头，像一串串珍珠，是我以前没有见过的。微风送来花香，那清冽的芬芳让人陶醉。

一路走一路欣赏，发现那些盛开的梅花有个共同点，就是花心朝下。仔细观察，确实没有一朵花是朝着天空开放的，这让我想起了"虚心竹有低头叶，傲骨梅无仰面花"这副对联，也想起最初习得这副对联的情景。

我幼年时，每逢除夕，父亲都会为家里写春联。只见他将一大张红纸折叠几下用刀裁开，铺展在案上，也不用参考什么，思索片刻便开始运墨挥毫，一副对联很快就写好了，之后就顺势铺在地上。父亲专注而又沉静地写上半天，院子里就红压压的一大片，然后一家人高高兴兴地把它们贴起来。年年如此，于是在我们的记忆里，父亲写对联也是过年的场景之一。

我们这些欢天喜地的孩子，玩累了会探个头偶尔看一眼，看到认识的字会特别高兴。再大一点儿，父亲会叫我们过来给他念一念，再后来，父亲写春联的时候，我会安静地站在旁边，把他写出的字一个一个连起来组成一句话，一边想着它的意思，一边将他写好的对联铺在地上，做父亲的小助手。父亲不说话，我也不说话，感觉那气氛安静又美好。

那些美好的句子就这样留在了记忆里，比如"一冬无雪天藏玉，三春有雨地生金"，比如"虎行白雪梅花五，鹤立清霜竹叶三"，比如"松竹梅岁寒三友，桃李杏春暖一家"……当然，还有今天因梅花而想起的"虚心竹有低头叶，傲骨梅无仰面花"。它们以隽永之美，启发了少年的心智，引领我去发现和感知生活中的种种美好。

在成长的记忆里，虽然父亲看书的时候我并不多见，但在他谈及一些内容时，我会惊讶于他的博学，天文地理文史典籍，他总能说上一些，我竟不知道他是什么时间以什么样的方式获得的这些知识，有时候我费力地和他说些什么，他一个成语或一个典故就完全化解了我的疑问或烦忧。同样让我惊讶的还有父亲对于一切新知的好奇心从不曾减弱，他笑眯眯的模样，他侃侃而谈的风度，无不散发着温和的力量，无声地引领我思考和探索未知的领域。

父亲气质里的这份魅力，多年来我说不清也道不明，它就像梅花的一缕清香，萦绕在我的心底。岁月渐深，感觉自己越来越像父亲，总有新知吸引着我，引领我走入更丰富更深远的人生意境。

在高大的梅树前再次驻足，欣赏那傲骨梅无仰面花，体味其间的文字之美、哲理之思，仿佛又沐浴在父亲温和的目光中……

又 到 春 分

  其实我没有真正见过杏花,直到那天清晨,在陪伴您最后一夜之后,在凌晨无人的街巷,在月儿高悬将村落、房屋和树的影子交织重叠成美丽而忧伤的画面,不知谁家的门前,粉白的花在微明中看上去正开得一树雪白。

  趁着晨星,趁着晓月,望着那一树繁花,我又一次泪眼模糊。人生如花开般短暂,每一个女子,包括您在内,谁不曾怒放过,而又有谁能逃脱凋落?

  是的,彼时彼刻,我第一次把您和一树花开联系在一起,我为这样的联想又一次潸然泪下。您在的日子给孩子们的感觉都是充实而具体的,是家常饭、粗布衣,从不曾有浪漫的元素。您不在了,我才发现您也曾拥有过如花的美丽!

  美丽的不只杏花,我也喜欢油菜花,那是春天的信号,那娇黄的色彩、清洌的芬芳,那与绿色麦田相互映衬的景色,是春天的大美。然而在送别您的午后,伴随人群扬起的尘土，那黄色不再娇艳，在我的心中，只剩下干枯和焦灼！

在酷热之后，在严冬之后，您迎来了万物复苏草长莺飞的春天，却带着对儿女，对这整个世界的无限依恋，在春分之时，在昼夜均而寒暑平的美好时节，无声地离去了！

您走得突然，因为我还没有做好足够的心理准备；您走得也不突然，因为我看到您日日坚守的辛苦。于是在那个正上着班的上午九点，大姐的电话打来，听她的语气我已明白了一切，心碎，伴着剧痛和茫然！

日子一天天飞驰而过，而您时时在我的眼前，在我仰望的天上，在我伏案工作的对面，在我举手投足的旁边，在我远行千里散心的南国的潋滟水光里，在我深夜独行却从不曾害怕，仿佛有您相伴的温暖里。

我一次次问自己，母亲临走时的心情，是什么样的，可有遗憾？无数次地想无数次地问，我想您应该是走得坦然的，因为您说的最后一句话是给大姐的，您说"你去忙吧，我想睡会儿"。是的，您这一生，活得太累！所以您最后的时刻，应该走得安详。

您走了，我忽然感觉自己成了孤儿，孤单单走在这天地之间，有许多哀伤，也从而提醒自己从此需要更加坚强。又觉得您时时就在身旁，看着我，我做得好了，您会说:"这孩子进步了。"我做得不好了,您会说:"看看,还是坏脾气。"有您的陪伴,我的脚步更稳健。有您的陪伴,我的心态更从容!

  一年了,春分又至,我那亲爱的娘,您,可曾闻到花香?

三 年 记

　　柳丝依依，杨花簌簌，粉白的杏花在房前屋后惊艳地盛放，即使土壤贫瘠，路边的小草也顽强地吐露着嫩绿。村西的土坡反射着阳光温暖的气息，丛生的荆条新芽初绽，万物复苏的春天实实在在地来了。

　　"穷汉穷汉你莫哭，打了春儿还有四十五"，拙朴的顺口溜，说的是过去日子穷，人们热切盼望春天的到来，可在北方，立春过后还得四十五天左右天气才会真正暖和起来。而今，春天是稳稳地来了。母亲的话还在耳边，可她人已离去三年。

　　长长的街巷，静静的村落，接纳我的归来。记忆中时常有缟素的女子，远远地哭着走进村子，那是出嫁的闺女，因父母的故去或忌日而来，那哭声曾使我感觉奇怪或夸张。而今，我也好想像她们一样，一路放声地哭，哭我那在春天离去的亲娘，宣泄我满满的无奈和忧伤。可最终还是没有做到，任酸楚的泪无声地肆意流淌。

三周年在家乡是一个重大的日子，事主家头一天会在大门上贴红对联，横额大大地写着"三周纪念"的大字；还要去到坟上"送汤"，一般是子女戴孝前往，将做好的面条等汤食在焚香后洒一些在坟上；次日要依据各家经济等情况设宴招待亲戚或乡邻。我们自然也不能免俗。

亲戚如期而至，街坊也来帮忙。乡里乡亲的参与，让主家有被关心、被支持的温暖。拉纸扎的双排车，需要一个人在车斗里扶着看着，六十岁左右的西邻兄长上去了。坟上鸣炮烧纸引燃了干草，东邻安民叔灵巧地用铁锨铲了土将火压灭。烧纸钱时家里人和街坊共同参与，边烧边祈祷，不知谁接了话头说"你们老两口花钱不能节约，看孩子们为你们准备了这么多银子"，将那一份沉重和哀伤及时往轻松处引导。逝者已逝，再多的悲伤也于事无补，不如节制。

包桌实惠，家人亲戚街坊邻居开了半条街。两个兄弟到每张桌前敬酒，表示真诚的谢意。我们几个在开席的过程中与主要亲戚各聊几句，也算增进了感情。

曲终人散，在平静祥和之中，我们送走了亲戚街坊。

姊妹几个坐在一起。弟媳宣布了办事的支出和亲戚乡邻的心意支援，商定将所剩不多的节余留在两个兄弟处。大姐说,父母不在了,我们更要互相关心,所有人都沉默着,因为大家想的都差不多吧。稍作停留,姊妹们就各自回家去。

父母相继去了,三周年也都过了,不知道思亲之痛会不会随着时间的延伸而减轻;天涯路远的人生,父母子女一场,是否会变得彼此了无牵挂?想到此,不觉潸然泪下。

谨以此,做三年记。

端午印象

端午时节枣花香,枣花飘香收麦忙。

小时候我家有个不小的院子,种着六七棵大枣树。枣树开花的时节,天气已经很热了。蜜蜂在树上嗡嗡,蚂蚁在树下奔忙,小脚的祖母穿件偏襟的布衫,颤悠悠地自顾自地做她的家务,院子里静寂得让人着急。一阵风过,枣花纷纷落了一地,赤脚走上去,扎扎的,很新鲜。一到午后,晒干了的枣花把脚扎得生疼,只好穿上鞋,可不知什么时候又脱掉了。杜甫有诗"庭前八月梨枣熟,一日上树能千回",说的是他年幼淘气,在梨、枣成熟的季节,一天要爬树多次摘果子吃。我想他上树的次数应该与我每日里脱鞋的次数差不多吧。

那时还没有电风扇。这样的季节,在平房顶上睡觉是孩子们的最爱。因为房顶凉爽、蚊子少,还可以看星星看月亮,那整个就是一幅在你眼前铺开的无限宽大的神奇画面。有时候月朗星稀,皎洁的月亮让你产生无限遐想。有时候繁星满天,如颗颗钻石,偶尔一颗流星划过时赶紧握一下手，就代表你逮住了它，喻示着你抓住了一次好运气，这是住在山那边的小表姐告诉我的。有时候阴云密布甚至雷声隆隆，我们也要躺在房顶上，期待雨不要下，因为不想回到闷热的屋里睡觉。有时候半夜被雨滴打醒，迷迷糊糊又不情不愿地抱着简单的被褥睡在屋檐下，这时候需要把全身都包起来，以对抗汹涌的蚊子大军。

最幸运的是某个早晨，一阵"拾麦穿花袄"的清脆鸟鸣划过清凉的刚刚放亮的天空，把我从睡梦中唤醒。这种鸟不知学名叫什么，妈说它叫"拾麦穿花袄"，总之这种鸟只在收麦的季节来，它一来，就可以割麦了，这预示着我们吃了很长时间的红薯面、玉米面可以换成麦面做的白馍了，岂不叫人高兴?!

下地收麦对于我来说有鲜明的记忆。中午的太阳晒得人眼花缭乱，热气蒸腾中你看远处的景色都在跳动，麦子被镰刀割下来，一捆一捆摆放在辽阔的田地里，需要把它们抱到架子车上。我们负责往车上送，父辈们负责装车和捆扎。麦芒扎在脸上、脖子上，又痒又疼。阳光炙烤着，又热又脏、又累又渴，真不知要挨到啥时候。这时父亲就会说：这就是"汗滴禾下土"，这就是"粒粒皆辛苦"。这节社会实践课，入脑入心，成了我努力学习的直接动力。

收麦的季节，孩子们会被要求去收割过的麦田里捡麦穗，学校要求，家长也要求。记得有那么一次，我还在沉睡中，被姐姐揪起来去拾麦。早晨的麦田潮气大，露水打湿了凉鞋，走起来又粘又滑，时不时被尖尖的麦茬扎了脚，我老大不高兴。可那天姐姐领我去的地块儿麦穗掉得特别多，等太阳升高时，我们把两个竹篮都塞得满满的，心里有说不出的高兴，回望收割过的麦田，粉色的牵牛花点缀在矮矮的麦茬间，野豌豆伸展着长长的藤蔓……次日，妈妈做了油角子给我们吃，她说："你们都大了，也都懂事了，妈很高兴，今天五月当五（端午），咱们也吃油角子。"

那个香啊……

（本文曾被河南省人民检察院推荐发布于"正义网"）

那套睡衣

进门，换上家居服，就好像把外界关在了门外，整个身心渐渐放松下来。

多年来，睡衣或叫作家居服的衣服没少买，它们默默地陪伴我的晨昏，而我却往往忽略了它们的存在。

近期醒得早，喜欢在灯下看书或写点什么。不经意间感觉肩背有点儿凉，心想刚刚入秋就感到了凉意，是季节太明显还是自己变得怕冷了呢。那天洗衣服，才发现那件最常穿的灰色棉质睡衣，因为年深日久，肩背部已经变得非常稀薄，有些地方已出现了小小的窟窿。看到此，我有点儿愕然。

一

细想来，我和这套睡衣的缘分，也有 20 多年了。

20 世纪 90 年代初，一些台湾品牌的内衣在市面出现，以质优价高而吸引着人们的视线。这套睡衣就是这种牌子，它是纯灰色，通身菱形织纹，纯棉三层保暖，上衣前身有简洁的同色蕾丝装饰，特别好看。每次经过那家店，我都会进去看看，主要是看它还在不在。也许是因为它价格比较贵，好像挂了有一两年的时间。

其间，母亲生病住院，往返医院经过这里，当再一次走进这家店，想起母亲日日辛苦，而今生病痛苦的样子，很想把这套衣服买了送给她，让她高兴，也让她舒服。正想掏钱，又想起母亲不愿意我们多花钱，尤其不喜欢我们给她买东西，不想惹病中的她不高兴，只好作罢。

后来单位搬家，很少往这边来，也渐渐淡忘了它。

似乎又过了两三年的某天，出差间隙闲逛，无意间走进一家内衣店，赫然发现这套睡衣正打五折，当时真是惊喜，好像发现了失散多年的好朋友，而她正受着不公正的待遇，我毫不犹豫地买下同款同号两套睡衣，准备一套给妈妈，一套给自己。沉甸甸提在手上，有份欣喜和踏实在心里。

二

妈妈那一套穿在身上很合适，能把一份舒适和温暖给最亲爱的人，我心里很是陶醉。

妈妈有时在我家小住,她整日穿着它,在大厅里走动,在沙发上小睡,和孩子们说说笑笑。我下班回家也喜欢换上它,被它宽宽地包容着,暖暖地围护着,那是一种实实在在的、朴实无华的关爱。在那些不用上班的时间,和衣躺在沙发上,午后的暖阳将宽敞的客厅铺上一层金色,和穿着同款衣服的妈妈聊着当下或从前的事情,沙发宽大舒适,睡衣柔软温暖,这时候,就感觉生活是多么幸福、多么美好啊。

后来妈妈的身体不好,经常住院。那一天,洁白的病房里特别安静,像是病友们都出去做检查了。妈妈穿着那套灰色的睡衣,雪白的短发,好看的五官,坐在床边对我说:"孩子,妈这一辈子也知足了,倒是你,还是要好好上班,好好带孩子,好好过日子。"我听得心里一阵酸楚,却不想让她看出,装着拍一只蚊子,以转移妈妈的注意力,妈果然没再说下去。后来妈妈走了,把这套衣服也永远地带走了。

三

没有父母的孩子,仿佛忽然间对季节的冷热更敏感起来。我总是在每年秋天刚刚到来的时候,就从衣橱里拿出来厚厚的衣服,这件睡衣当然也包括在内。有时出差也会带着，是一种默契和信赖吧。

然而它终于老了，变得那么轻那么薄，已经不足以为我挡寒，却依然柔软温暖，这让人伤感和不舍。纠结了一段时间，我决定用自己只会钉纽扣的针线活水平，把它缝补一下。

在一个周日明亮的阳光里，我将一件多年不穿的丝质上衣剪开，把一大块儿剪下的双层的布贴在睡衣的背部，先从周围固定，沿着领子和袖窝的边，一针一线地缝起来，然后平行再走一圈针线，做出的效果还挺大方，就像本来就是背部加厚的款式一样，又将破洞的地方用细小的针脚缝织起来。于是，这件衣服就更加个性了，而我自己，也有一种完成了从未有过的浩大工程般的成就感。

我迫不及待地换上它，真丝的质地在肩头很舒服，也很服帖和温暖，仿佛阳光照着背部。

其实，我有多款睡衣，都比这一款更漂亮或更舒服，然而这套睡衣不仅是朴实无华的代表，更代表着一段较长生命历程的陪伴，记载着我往昔的苦乐和奋斗，记载着我和妈妈共度的温馨岁月。有时候感觉它和妈妈的某些东西很像，它就像妈妈对孩子的爱，温暖无声，不求回报。有句老话说"君子惜物"，也说"一粥一饭当思来之不易，一丝一缕恒念物力维艰"，其实，除此之外，还有那些不能回首的岁月，那些往昔的美好记忆。

虽然做了缝补，但也不能过多穿用了，只希望它能陪伴我的时间更长一些，偶尔穿穿或是看看，也是一份温暖。

(本文发表于《齐鲁晚报》)

姜丝红萝卜

当孩子离开了家,去追寻属于自己的生活,只剩我和他的早餐,饭食内容便越来越像小时候的模样。

今天是甜面叶和姜丝红萝卜。甜面叶是姐姐事先做好,我拿来冻在冰箱里的。烧开水放进去,面团渐渐散开,在沸水的浪花里翻滚,吐出雪白的小泡泡,麦子面的清香和着温暖的水汽便扑面而来。

银色的小盆里,红萝卜和姜用擦丝器擦成纤细的丝,橘红点缀亮黄,撒上油盐酱醋拌一拌,装盘,佐餐的小菜,味美而清香。

我不太擅长做饭,但为健康计,却也将做早餐养成了习惯,只是许多时候心有余而力不足,不能做到色香味俱佳。比如今天的姜丝红萝卜,就怎样也做不出妈妈当年的味道。

我是高中开始住校的,吃饭自然在学校解决。我们那时是凭票吃饭,饭票分粮票和菜票两种,粮票是将家里的麦子远远地送到学校指定的面粉厂,拿着面粉厂的收条到学校换成粮票，用来买饭，菜票是在学校财务处用现金购买，专门用来买菜。

往面粉厂送麦子是个大工程，女孩子不容易完成，于是周日返校时，同学们都有带馍带菜的习惯，一是为了方便，二是为了省钱。

周日的中午，妈妈总是做饺子或者肉菜米饭改善生活。当我们正吃得起劲时，她已经放下饭碗开始为我准备干粮——发面的包子、油馍、火烧，烫面的油饼、菜角……每周不重样。而那个广口大玻璃瓶里，有时候母亲会装进去腌好的萝卜丝，有时候会将新鲜的白萝卜、红萝卜或者白菜切碎了，拌上调料做成咸菜。母亲在往瓶子里装时，总是用筷子压了又压，总要尽可能多装些，生怕我在学校不够吃。

学校的三餐时间，在宿舍，在教室，同学们拿出自己带的饭菜，品种可谓花样繁多：条件好的同学带来的菜是拌着肉末的豆瓣酱，有的人带来个煎鸡蛋，铺在铝质长方形饭盒的米饭上，这些都让我羡慕过。其实妈妈做的馍和菜都很可口，尤其是各种咸菜。

我最爱吃妈妈做的姜丝红萝卜。妈妈站在案板前，左手按着红萝卜，右手持切菜刀，先是斜斜地将胡萝卜切成片儿，码成排，再飞快地切成丝，又拿出一块姜以同样的方法切下去，然后搅拌装瓶，动作特别娴熟，那

159

种纤细的丝，那种切菜的速度，我至今也没有学会。

高中三年，同学们边吃饭边说着笑着，有时候会伴着学习的压力，有时候会有成长的迷茫，在晨风里，在暖阳下，也在那些风声雨声里。而妈妈的味道，也融在了当时的记忆里。

女儿已经住校两年了。每次返校时，我也会给她备一些牛奶水果之类容易存放的食品，以补充学校饮食的营养的不足。希望她每天早上能吃一个鸡蛋，可她不爱吃学校的白水煮蛋，就卤了鸡蛋，买了密封机密封好给她带上；怕她嫌麻烦不吃水果，就在周末返校前给她一个一个洗净擦干，小袋封装，以便她在学校拆封即食。做着诸如此类的琐事，连我自己都觉得吃惊，我怎么会变得这么细致，仔细想想，这是妈妈的传承。

阳光已爬上窗帘，清粥小菜的早餐里，有温暖的记忆。虽然我做的姜丝红萝卜味道还不甚到位，但是，它正一点点接近妈妈的味道。因为，有一种温情，在默默引领着我。

2017 年的母亲节

母亲走了，却从不曾离开我，因为她只是换了住的地方，住到了我的心里，住在我举目四望的任何地方，住在我喜怒哀乐的晨晨昏昏里。

俗言道：要吃还是家常饭，要穿还是粗布衣。而家常饭、粗布衣，于我来说就是母爱最好的诠释。

在北方鲜明的四季里，有母亲劳作的身影。村口的树绿了又黄，黄了又绿，那是母亲因为劳作出去和归来的背景；村里的辘轳井吱呦呦地转，那是母亲的辛劳和我盼望长大的童年。

在一个个大多数人还在酣睡的清晨，母亲总是早早起床，备好一家人的早饭，那饭也许粗粝得难以下咽，也许重复得让人无奈，也许是一夜风雨后院子里的枣树上被风吹落了的青枣，母亲捡拾来熬在了粥里，那一抹清香带给我甘甜……

在一个个似梦还醒的深夜，母亲纺棉花的纺车总是那么执拗地不肯停歇一刻，那声音伴着冬的严寒、夏的燠热。一盏如豆的油灯，将母亲一手抽纱、一手摇纺车的身影斜斜映在墙上。尤其是母亲那抽纱的动作，右手由低而高，画着优美的弧线。虽上千万次重复，但母亲依然不知疲倦。

在那些寂寥无趣的雨天，母亲坐在织布机前，左脚右脚轮换着踩下，左手右手来回传递着梭子，一尺来宽的布面，长度在一点点增加，双手如飞的间隙，母亲要把那布卷了又卷，那真的是百分百的棉，有些粗糙，却厚实温暖。

在"锄禾日当午"的田间，那锄头太沉，而母亲一直在挥汗。她整饬过的土地，看上去让人那么舒心，绿色的庄稼茁壮、蔚然。

在如树叶般稠密的每一天，遇到类似的场景，母亲的话就像编好的程序一样，让我脱口而出，只是不经意转换了角色，当年母亲说给我的话，而今如有神助般被我说给了孩子，那些语言朴素无华，却也都是至理名言。

今早，我也如当年的母亲一样为家人做了饭；今晚，我又如母亲一样拿起锄头，在我的小菜园里锄草浇灌。

子欲养而亲不待，当所有人都在谈论着母亲节，我只能以这样的方式和心里的母亲交谈……

2019 年的母亲节

荷风送香气，竹露滴清响。夏天，就是这么美丽。

早上 5：30，鱼缸里的增氧泵在不知疲倦地冒着泡泡，鱼儿停在水底，似乎还在悠远的梦中。煮妇如我，轻轻走过，步入厨房，开启锅碗瓢盆的温柔交响。

烧水泡茶，今天选白茶。"一年茶二年药七年宝"似乎玄了一点，但白茶消炎、温和、色泽金黄、糯香盈盈。一会儿孩子起床，或跑步或读书，先来一杯温热的香茶补水提神，想想都觉得美好。先生会晚一点儿起，给他装上一大杯，让他在长长的上班路上，有个温暖舒心的陪伴。泡发了银耳，加少许百合、一截山药，煮熟了连汤倒进破壁机，三分钟就变成了洁白如玉、清香醇厚的琼浆，在这柳絮飘飞的季节，就用它来润肺养颜，还补充元气，我为自己的发明而小小得意。青椒土豆洋葱胡萝卜，分别切成比米粒大不了多少的碎粒，油烧热，先放洋葱和胡萝卜，洋葱出味，胡萝卜不怕高温，再放青椒和土豆，加调料翻炒，把 Q 弹的米饭加入，一边加热一边搅拌,色香味俱佳的炒饭就好了,有扬州炒饭的美丽,有酱油炒饭的醇香,孩子不喜欢吃蔬菜,却喜欢吃这个,皆大欢喜。

"早起三光,晚起三慌",是小时候妈妈常说的话。忘不了妈妈早起做饭的身影以及那些滋养生命的粗茶淡饭。忘不了一夜风雨后,早上的粥里就有了早落的青枣,让清淡却芬芳的米粥平添一丝惊喜与甜蜜。那时候物资匮乏,母亲肯定有过无米下锅的烦恼,但她同样有惊人的想象力和创造力,晾干的萝卜叶、红薯叶等一束束挂在墙上,在漫长的冬天及青黄不接的春天,再回锅熬煮,一点油盐和葱蒜,就成了滋养我们茁壮成长的美味佳肴。某天的早餐,母亲会用一把自己种的豆子,外加一些蔬菜甚至一把野菜煮了,再勾上一些玉米面做成咸汤,配上热腾腾的蒸红薯或玉米饼子,用于调节日日食粥的单调。那时候的清晨太过安静,不知忙于操持一家人饭菜的母亲会不会有孤单的时候。

物资丰富的今天不必再为食材发愁,还有各种喜欢的音乐陪伴,让人总会有温柔的心思,为一家人的健康做出努力,让人有心情看向厨房的角角落落,归置那些锅碗瓢盆,打理那些瓶瓶罐罐。于是在熹微的晨光中,它们无不泛着温柔的光辉……

在我的记忆里,母亲的角色没有离开过柴米油盐。

这些经营足以让做母亲的感觉充实而幸福。今日母亲节，庆幸在这个也属于自己的节日里，拥有了一个完美的好心情。

　　日子细细密密，绵绵无期。那些节日，就像结绳记事的小结，让你轻轻抚摸时，有一些温暖的感动。提醒你时光虽然汹涌，却可以在一个个微小的点上，且行且珍惜。

聚　　散

夫家伯父去世了,他要早点过去帮着料理,晚一会儿,我也要带着孩子过去。

伯父高瘦、温和,话不多。前几年老伴儿去世后,与小儿子同住,帮着照看孙子,日子倒也清闲。快八十岁了,无疾而去,家人自然伤心,但是因为高寿,倒也让人释怀。

夫家人多,父辈弟兄四个,同辈堂兄弟九个,年节或有事时聚在一起,有着大家庭的热闹和情趣。多年来亲历六七个兄弟结婚生子,排行较靠前的我们都感觉到自己不再年轻了。

近午时去七弟的院子,七弟是伯父的小儿子。街坊因白事来帮忙的人不少,男人女人各有分工。本家的人分聚两个屋子,倒是闲着。有些时间没见面了,大家温和地打着招呼,三婶还是对风俗规矩最在行的样子,四婶风趣幽默,几个出了门的闺女重又聚拢。温暖的灯光下,满满一屋子人,好似一切都没变化。

然而人群中少了有着一头银发、干净利落的祖母，少了总是与三婶四婶斗嘴搞笑的大伯母，多了一个个穿着高跟鞋比着爱美的弟媳妇。弟媳们都添了孩子，又争分夺秒地拉扯上了第二个。那些娃娃都是大家族的新成员，却一样瞪着陌生的眼睛看着我。

忽然就有了感慨。成长于一个人的内心是惊天动地的经历，婚姻对一个女子有太多刻骨铭心的回忆。看邻家的孩子一个个长高长大，看小兄弟们一个个娶妻生子，日渐像个大人，他们的感觉也许不同，也或许相似。所有的风雨都在心里，所有的亲情都是温暖的背景，生命有它自身的密码，一路延伸开去。

去的去，来的来，人生可不真的就这几十年的光景，谁又能逃得过？

在座的每一位，没有谁不发生一些故事，但是都如潮起潮落，又复归平静。只是每个人都温和地笑着，善意地聊着。

野外，雪越下越大。招呼的一群人有故意难为随出嫁的闺女而来的女婿的，有同龄的人捉弄老七媳妇的，让沉重之事不至于太压抑。

终于入土为安，一个生命画上句号，雪在新土上继续洒下洁白。

几天来他一直无话，我知道有悲伤在他心里。

这些年父母亲人相继离去，他不说，心里的苦却是有的。

雪花仍然在飘飞，忽然就想起那句"想着想着就忘了，走着走着就散了"。

是呵，匆匆间，无常间，是平淡的日常，那就用心地、欣赏地去过好它们吧。

(本文发表于《齐鲁晚报》)

木　瓜

今年的中秋节前后，连绵的阴雨下了将近 20 天，这两天终于放晴了。相比阴雨天的无奈、灰暗，心情也明亮了起来。

今日周末，中午打算回家做饭，在路上买了两棵大白菜，午饭是排骨炖白菜。饭后在阳光下的摇椅上躺一会儿，眯着眼睛看着白云蓝天，轻轻摇晃之间竟睡着了，还做起了梦。

午睡后整理房间，又到厨房里忙活，一边听着王立群老师讲宋词，一边将各种餐具归置，有两个木瓜放在那儿时间不短了，就削了皮挖了籽装进餐盒，再放到冰箱里。

大弟来家，有半月没见他了，我很想和他聊聊。虽然知道也聊不出更多新内容，无非是各自的工作和生活，但在这满室阳光的午后拉拉家常，本身就是件足够美好的事情。

大弟是个粗线条，却也有智慧。尤其是随着年龄增长,整个人也豁达大度许多。我和他分坐在两个沙发上聊着,想起木瓜,就让他去厨房里自己拿。

他取来一些,我说不甜的话可以放些蜂蜜,他说够甜了,家里常备的是苹果或梨,不常吃这个。

聊着聊着就想起了十年前和父亲一块儿在三亚的沙滩上吃木瓜的情景。那里的沙滩很辽阔,很细腻,所有的人都打着赤脚,我和父亲走累了,坐在一个卖水果的帐篷下。摊主是个清爽的中年人,用一把刀尖上翘的小刀熟练地削着木瓜的皮,削好的就摆在面前的摊位上,游客随买随吃。那些木瓜的色泽黄里透红,很诱人。我和父亲大口大口地吃着,海风舒适地拂过面颊,雪白的浪花在不远处翻滚,重重地拍在金色的沙滩上,不一会儿又一个浪花卷来,再重重地拍下,周而复始。父亲一边吃一边笑着说:"这次来海南,把一辈子的海都看了。"父亲的话说得自然,让我听得骄傲。父亲也是走南闯北过的,能说出这样的话,我感觉是对我最大的奖赏。可谁也没想到,当年冬季一场罕见的提前到来的大雪导致气温骤降,本来就有心脏病的父亲忽然走了。也是想起这句话,对父亲的思念和愧疚,才稍微冲淡了一些。

往事历历在目,转眼父亲离开我们快十年了,我们姊妹也一个个在慢慢老去。

人生短暂，转眼物是人非；人生不易，谁都会有许多辛酸往事。而亲情是温暖的，它轻轻抚慰着我们的心，让我们在面临困难时充满力量。

姊妹之间应该相互关心，经常联系和走动，哪怕只是拉拉家常，在一些小事上给个建议。如果有什么重要的事情，更需要共同去面对。有句话"有事没事常来往，大事小事多商量"，真是太有道理了，它适用于任何你认为重要的人际关系。

我把这句话说给弟弟，他说："谁说不是这道理呢?"

让我们珍惜亲情，感恩亲人的付出，用宽容的心，用温暖的话，体谅对方。让亲情的芬芳，就像这香甜的橙红的木瓜，时时滋润我们的身心。

回忆如潮

上个月兄弟因眼疾在中心医院治疗，今天，我来帮他取病历。没想到，与外界一样高楼林立的所在，却引起我的种种回忆，让我感慨万千。

从北门出门诊大楼，西侧那座熟悉的五层老式病房楼不见了，围挡内机器声隆隆，旧楼被扒掉，新楼正在打地基。

母亲曾在那座老楼里多次住院，在她生命的最后一年多，更是近十次来来往往。楼很老，窗子、楼梯、暖气片都是最早的款式，但是经过改造，病房内舒适整洁。我熟悉老楼里房间的布局及细节，就像我清楚地记得病房里铸铁暖气片的温暖，记得阳光从三扇玻璃窗透进来的明亮，记得母亲在白色病床上或坐或卧的样子和她或高兴或忧郁的眼神。

我还记得看护母亲时自己每次匆匆来去的情形；记得对母亲病情的担忧，对医院本能的畏惧；记得那次提着饭盒下了车锁好车门后，才发现做饭时戴上的围裙还在身上；记得一个深夜安慰母亲睡下后离开，门诊大楼的北门已锁，要向西绕行一段距离才能走出医院……

而如今斯人已去，楼也不存在了。

曾经的亲情缘分，曾经的情感经历，最终都化作青天一片或阳光一缕。如鸟儿划过天际、轻风掠过树梢，人间的温情故事、那刻在生命里的经历，就真的无处可寻了吗？

思绪只在瞬间，一棵法桐的球果落地，我顺势抬头，看那灰白的树干向天空伸展，想象着夏日里树冠亭亭如盖的样子，想象着它在夏夜昏黄的路灯下，枝叶是那样安静，而树下的人，有着各自不同的经历。

二十年前的一天，当时女儿不足一岁，别人给她一颗李子，她把果核咽进了肚子里，紧接着还摔了一下，突然昏迷。刚下班的我们赶紧带了她去医院，均被告知需要到大医院救治。

时值傍晚，正是下班高峰，一路驱车狂奔，巨大的压力攫住了我们，简直要窒息了。

车过白马寺，她的嘴嚅动了一下，闭着眼却习惯性地用手去搓我的头发。我有些惊喜，却还有深重的顾虑。我抱着她，不停地和她说话，即使她并不回应我。

CT室，小小的她被送进巨大的仪器里，也许是空调房间温差大，她"哇"地哭出了声。我看到一直无

173

语的爸爸眼里的泪光，我看到他转身去小卖部买了两条毛巾，打了两个结，做了一个简易的背心给她套上。CT诊断蛛网膜下线性骨折，需住院观察。

病房里孩子时而清醒时而沉睡，监护仪上红红的数字伴着"嘀嘀"的声音不停跳动，如我一颗惊悸的心。

走廊里有凄厉的哭声。原来是某大学毕业联欢，一位男同学坐在四楼窗台上，不慎坠落，被同学送到这里紧急手术，医生告知救命要付出昂贵的医疗费，并且救过来也是植物人。他的母亲连夜赶来，最终做出了放弃救治的决定，接着便是这撕心裂肺的哭声。

这是我听过的最凄厉的哭声，让人不寒而栗，我仿佛惊弓之鸟，紧紧拉着孩子的小手，眼泪哗哗地流下。

夜里12点后孩子真的清醒了，经医生允许，我抱着她走出病房，腾出床让她休息一下。我们来到楼下，在昏暗的路灯下，在枝叶婆娑的法桐树下，不停地走来走去，我抱着她，给九个月大的她唱歌、讲故事。直到天快亮，她才将那个果核排泄出来，心里的一块大石头才算落地，危险总算解除了一半！

一周后孩子出院了，这件事情渐渐地也在记忆里淡忘。不料想在此时此刻，经由这安静的梧桐树，又想起那个惊心动魄的夜晚。

思绪纷飞，脚步却没有停，我先在2号楼复印了病历,又往北去4号楼开诊断证明。大医院的电梯间永远是繁忙拥挤的,那种繁忙以火爆的气势冲击着你的心脏。医院是一架巨大的机器,它飞快地运转,是因为病人源源不断。我本能地回避着那些染病的躯体和愁苦的眼神,索性从步梯而上。

大夫说兄弟没有治好病就走了,需要复查。我知道他是个急性子,工作忙,岗位需要,协调不好,仓皇出逃。

仓皇出逃的不只弟弟,在我童年的时候也有苦涩的记忆。四五岁时夜里生病,吓坏了的父母,克服操劳一天的疲倦,相互搀扶把我又背又抱送到医院。两三天时间,花完了家里仅有的一点积蓄,不到出院时间他们就带着我离开了,可以想见父母彼时的无奈。多年来母亲曾多次说起这件事。

我模糊记得父母相互搀扶,送我去医院的路上,他们不停地叫着我的名字;我还记得在断断续续的清醒时刻母亲让我看满天明亮的星……

取完病历,再次从门诊大楼经过,只见人头攒动,一片繁忙。一群人正推着一辆平板车,紧张和愁苦笼罩着他们,车上的人安静地躺着,应该是昏迷了。我真心地希望车上的人有惊无险早日康复,解除亲人的辛苦与烦忧。

走出医院,心里明显轻松了。感到口渴,买了一杯豆浆,一边喝一边走,忽然感觉这饮品虽平凡,却是分外香甜。

二　　姐

　　2020年的春天注定与往年的不同。新冠疫情让人们禁足在家，时间久了心里也会烦躁，这期间姊妹几个时不时送来一些生活用品，虽然每次都是匆匆说上数语，但亲情在交流里，实实在在温暖着彼此的心灵。

　　昨天二姐又送来许多食材，是她亲手做的馒头和一些自种的蔬菜。馒头被洁白的棉布包着，装在一个塑料袋里，还冒着热气。年岁渐长，感觉家里人做的家常饭，有其他食物不能替代的美好味道。

　　二姐勤俭持家，生活所需的蔬菜都是自己种的，自给自足之余还能帮助我们姊妹几个，她以自己的方式诠释着什么叫自立和自强。

　　二姐声高言重，有时候听她说话就像打雷，有时候又像咆哮，让你几欲掩耳仓皇而逃，但她有一颗滚烫的耿直的真诚的心。记得有一年冬天，我和二姐约好去她家附近的车站给她送一样东西，她比我先到，我把她让进车里，刚要把东西递给她，她却递给我油条、糖糕等一大堆吃食，我说没食欲，她因着急而提高了腔调，几欲下车再给我买别的，仿佛我不吃一些她买的东西，她心里就过不去什么坎儿似的。她说话的声音极高，我听得耳朵嗡嗡响，赶紧拿起糖糕就吃，我分明感觉到了她火热的亲情、滚烫的心肠，而我的心情，就像吃进嘴里的糖糕的味道，是那样温暖，那样香甜。

二姐特别能干，她从学校出来得早，十几岁就学了裁缝，学生时代我们姊妹几个过年穿的新衣服大都由她裁剪缝制。二姐纳的千层底做的布鞋，在同龄人中那是数得着的好，这和妈妈的高要求有关。

小时候，暑假里，我们经常跟着二姐去山上打酸枣。酸枣是野生的，长在高高的坡梁上，二姐用一根长长的削镰钩住一根酸枣枝，连拉带扭把它弄下来，我们几个负责将枝子上的酸枣摘下来装到篮子里再装到袋子里。每天天刚亮就出发，有时候中午回来，有时候到下午才回来，每一次都是满载而归。打回来的酸枣泡在水里把果肉沤掉，把酸枣核晒干装袋，到秋天的时候拿到医药公司去卖，我们妹妹上学的学费、春节的新衣服的钱都是从这里来的，二姐还用这钱买了家里的第一辆自行车。那时候的孩子在暑假大都干这个，但是在二姐的带领下我们干得是比较出色的。

穷人的孩子早当家，暑假是一年中最热的时候，我们顶着烈日，有时候被暴雨浇头，在山沟里、在坡梁上打酸枣，渴了就掬一捧沟里澄清了的雨水，饿了就吃几颗发红的酸枣，有时候也想偷懒不去，但是二姐总是威严地督促我们，再不行还打我们。她总是扛着那根长长的削镰，有时候走在我们前边，有时候走在我们旁边，让我们心里特别踏实。那是一根五六米长的细木棍，在木棍的顶端固定了一个金属的横着的刀，因为横着可以勾住高处的枝条，勾住以后顺势拧两下，往下一拉，枝条就被削断了，酸枣带着枝就直接掉到了地上。因为二姐的带动和督促，我们每年打酸枣的收成都不错。

　　前几天上坟时说起这事，我说：暑假的时候总是跟着你去打酸枣，有时候不想去也不敢说。她说：你们才去了几次，最多的时候是我和咱村儿的娇珍一块儿，她个子低，负责摘，我个子高，负责削，我俩才叫"黄金搭档"呢……

我们在一起

立夏之后,气温渐升,绿色更浓。午后安静而又慵懒。

"我回来了。"二弟忽然打来电话。我有些意外,有些惊奇,赶快说:"你回来啦!来家吧,我在家。"

二弟工作在外,一年回来一两次,前两天打过一个电话,说5月中旬回来。我忙起来也就忘了,今天接到他的电话,竟然有些自责:为什么会这么健忘呢?连二弟要回来的事都忘了。

开门、落座,给他倒上茶水。他说昨天回来先去学校看了儿子(我侄子),他笑着说这一段儿子(我侄子)明显长高了许多。

回来一趟不容易,兄弟姐妹们住得不远,我就给他们一一打电话,请他们来家茶叙。

三姐先到。今天她穿一套阿迪达斯的短衣短裤和同牌子的运动鞋,很清爽的样子。我问她这身衣服是正品还是仿冒,她说是真的,是她的女儿蕾蕾出国前给她买的。说起蕾蕾，不免引起了我对身在国外的她的牵挂和思念。每个人都有自我实现和完成的过程，那个倔强的闺女，希望她在外工作顺利、开开心心。

大姐来了，有一两个月没见了吧。大姐虽然富态，却也干练，整个人从内到外散发着年轻的气息。但是今天，从她上下楼梯的姿势中我似乎看到了一丝年迈的迹象。在沙发上坐定，她说这两天腰疼，每天都去一次医院进行治疗。

大姐问二弟这次回来的情况，二弟话不多，安静地一一回答。其间，大姐的孙子打过来电话，说和妈妈在诊所打了针。听着孙子的感冒有所好转，大姐脸上露出了笑容。说起孙子及家人，大姐言语之中自然流露出来浓浓的亲情，让坐在旁边的我们也感到了温暖。

大弟是电话联系后过了两个小时才到的。电话中和他商量晚上聚餐的事儿，最终商定由他从街上带些食材，在家里熬些粥，吃一些家常的饭菜，这样更舒适。

大弟来了，他说话幽默风趣且不乏机智，说话间还伴着他那朗朗的笑声，这些都是遗传了父亲的性格。

家是昨天才打扫过的，窗明几净。我们几个坐着闲聊，目光散漫地随便投向一个地方，都是干净整洁的，让我心里特别舒服。

西窗白色的百叶窗闭合，将阳光挡在室外，却将明亮的光线投射满屋，洁净的地板微微反射着亮光。

沙发是宽大、柔软、舒服的，沙发巾也是刚洗过的。

已经不再年轻的我们，各自以舒适的姿势或坐或靠。

话题是自由散漫的，一如我们平和而随意的心情。

父亲和母亲也曾在这些沙发上落座，我们围坐在他们身边，一切都是最自然的样子，只不过那是十几年前的事情了，而今他们云游天外，再也不可能和我们屋内坐定，共叙家常。

今天我们在一起，在平凡而又忙碌的日子匆匆小聚，在有些称心也有些不称心却并不曾停止努力的当下静静坐下来，聊着家常，传递着关切。在无常的人生中，享受着这一刻的岁月静好……

当西窗的日光渐渐远离，暮色升起，我们亮了灯，围坐在桌前，吃着家常的饭菜，就像我们小时候那样。只不过岁月的风霜，或多或少都在每个人身上刻上了印记。

盛饭时，我直接给二弟盛了两碗粥。在外奔波，一定比较干渴，而他又腼腆，不愿意让人麻烦，如果不是同时盛两碗，他肯定是不回碗的。我猜得不错，当他喝完一碗，我把第二碗端给他，他稍微停顿了一下，就接了过去。

　　我的心里有一丝温暖流过，所谓亲情，也包括这些最微小的相知吧。曾经共同相处的岁月，那些苦乐年华里的共同记忆，已然是我们生命的一部分了。父母不在了，我们是天地之间孤单又不孤独的一群人。

　　今天我们在一起，值得被深深记忆。

怀　念

祖姑母离开了我们。

我还是像以往一样叫她姑奶吧！父亲没有兄弟姐妹，姑奶是我们的一个亲人。刚刚还请了假去医院看望她，其时意识已不太清晰，几小时后她便悄悄地去世了。我的心沉沉的，忙完案头的公务，缓缓走到街上，悲伤感叹的情绪渐浓渐深，以至于占据了我的心。喧嚣的街市走远了，成了无声无色的背景，一幕幕往事又浮现在眼前。

姑奶一生治家严谨，她80岁寿终，养育了五男三女，他们也早已成家立业，奋斗在省内省外多个行业，而且大都干得出色。孩子们也都非常孝顺，平日里两地牵挂，每逢节假日，都汇集洛阳，四十多口人的大家庭其乐融融。姑奶的儿子个个气宇轩昂，姑奶的女儿均纤秀温柔，他们是她的骄傲。

姑奶有一颗博爱之心。记得小时候，姑奶隔一段时间就会来看我们，扛来一纸箱一纸箱的衣服，这些衣服虽然是她家孩子穿旧的，但件件都洗得非常干净，叠得板板正正，每到这时，我们姊妹几个就会挑啊挑啊，每个人都总能拣到自己喜欢的衣服。那一件白底小兰花的衬衣和那条经妈妈改短的藏蓝色裤子，成了我的心爱之物，穿了两年还舍不得丢下。有时候，姑奶也会成篮成篮地给我们带来面包，那时候白面都不多，面包就更显珍贵，那香甜美妙的滋味至今仍鲜明地留在我的记忆里。姑奶的爱心，照亮了我们苍白、平淡的童年。

姑奶心细。我第一次去郑州，还是姑奶带我去的。下了火车，感觉郑州好大好大，姑奶领着我，还逛了郑州的公园。记得那次我穿了件深色的裤子，有一处开线，我用白线缝了缝。到了晚上，姑奶不顾一天的劳累，拿起我的裤子，将白线拆掉，又用黑线密密地缝上，她那一针一针缝补的姿势，让我想起了"慈母手中线"的诗句，十多年过去了，现在想来，竟要落泪了。

虽然姑奶少小离家，且几十年来我们生活在不同的环境中，但姑奶宽博的爱心、要强的性格、健朗的谈吐，我一点儿都不觉得陌生，甚至有心有灵犀一点通的感觉。这是因为，虽然隔着长长的岁月，但我们是同一姓氏的女儿，骨子里流着一脉相承的热血，在不同的时空背景下，以相似的方式阐释着对生活的热爱。

姑奶的音容犹在，她的精神永存。

(本文发表于《洛阳日报》)

雨 里 桐 花

穿过市区的繁华，翻越古老的嵩山，去看望在山的那边习武读书的弟弟的小孩。

雨中，夹道的紫色桐花盛开，是北方特有的浪漫；原野上，沟壑里，麦田与油菜花田黄绿相间；远远近近的桃树杏树，粉的像霞，白的像雪……在静默的雨中，一切那么滋润，那么生动，仿佛到了江南。

此行为我驾车的是我的外甥，一副威武的大人模样，新疆戍边五年刚刚归来。一路上他说起当年求学时我怎么去看他，怎么给他带东西，他说的细节我一点儿也想不起来了。还说起入伍时换好军装，背起行囊上车的瞬间，我给他一颗糖，这颗糖他一直放在后留袋里，陪伴他五年，直到退伍后又带回来……呵呵，一个十七岁少年对家的思念，就是这颗糖陪伴着。这些我也全然没有印象了。

我问他什么是后留袋，他才说起新兵入伍的行囊里，其中有两件物品，前行袋和后留袋。前行袋是作为军人平时用的袋子，比如挎包；后留袋则放一些个人的重要的东西，平时放在仓库里，一般不动用。

入伍前亲人的一颗糖，让一个少年保留了整整五年。那这五年里，他的前行袋里都放置过什么？看他今日气概，也能猜出一二吧。

我不禁想起，如果每个人都拥有前行袋和后留袋的话，我们的前行袋里更新着什么？我们的后留袋里，又沉淀了什么？生命一路前行，曾经鲜活的，也会在记忆里湮灭，就像今天遗忘了诸多的我。

为此，我们又该如何处置我们那无形的前行袋和后留袋？

今天去看望的孩子，我能给他留下什么记忆？对于他的学习与成长，能起到一些微薄的促进作用吗？

雨还在下，紫色的桐花更好看了。

孩子，上天的恩赐

抱　　抱

小小的你，最爱向妈妈要抱抱。

母与子，本来是一体。你被温暖包容，一天天长大，日新月异。她一天天沉静，如秋阳下低头的稻穗。

那一天，在你足够强大时与她分离，你终于脚踏大地，慢慢感知四季的温度和风景。她的目光罩着你，她的眼里只有你。

你是你，带着独特的生命密码；你又是她，你一天天丰富着美好的她。

后来你越跑越快，越走越远，想要超出她的视线。

你忽然迷茫，跑回来，向她要一个抱抱。

你们许多次想再次融为一体。

她在洗脸，你就站在身边，安静地执着地等待，如一堵墙，待她搭了毛巾，你伸出手说，抱抱。

她在炒菜，烈火烹油，你推门而入，不容拒绝地说，抱抱。

早晨你永远睡不醒，几次三番地叫，你闭着眼，却伸出胳膊，仿佛交换条件般说，抱抱。

你在写作业，安静了好大一会儿，她轻轻走近，正欲弯腰督查，不料你忽然扔了笔，神速给她个抱抱，简直动若脱兔。

你离家的时刻，行李箱在手，然而倚门又回首，门框成了相框，定格一帧情绪纠结的图画。

后来，你竟然能将她抱起。她总是因为心疼你而制止，可你却总是偷袭。有时候她也配合，你就能将她高高抱起。她挠你的胳肢窝，怕你累着，你将她放下，手臂却不放松，挟裹着她边蹦跳边转起圈圈来。

两个人就这么紧紧拥抱着，同频地蹦跳着，一圈又一圈，虽然很简单很机械，感觉却是那样美好，直到转得有点眩晕。你的小脸儿因为蹦跳而红扑扑的，你们笑得那么灿烂，前仰后合，发自内心。

抱抱，让两颗心贴得更近。

抱抱，是你和她共同的需要。

心 动 瞬 间

一

幼儿园的午后静悄悄,小朋友们都在小床里乖乖睡觉。有两个小女孩却睡不着,她们一个睡在上铺,一个睡在下铺,都在想妈妈。好不容易趁着阿姨出去了,她俩玩起了打电话的游戏。一人当娃娃,一人当妈妈,小手作电话状放在耳边:"妈妈我想你了。""宝宝,妈妈听到了。"就这样互相做对方的妈妈,仿佛真的就和妈妈说上了话,嬉笑中思念就淡了。

二

小学,清晨上学的路上,为了把你按约定送到校门口,要求你不撒泼、不拖拉、准点起床,按时吃饭,只为那100米走到学校门口的路程,可以拉着你的手,骄傲地走过,那自豪与甜蜜,与明星走红毯有些相似。

三

"妈妈,朋友就是把你最喜欢的和她分享。"她一边幸福地吃着,一边说,"比如我喜欢吃这个,圆圆也肯定喜欢。"

"你愿意把最喜欢的东西与朋友分享这很好,但是如果人家不喜欢,你也不必失望。"

"我知道,这叫'己所不欲,勿施于人;己之所欲,慎施于人'。"

摸着她的头,我笑了。

四

初中周末返校,趁着不注意,把你的香水洒到枕巾上、布娃娃上,只为了在结束一天紧张的学习之后,躺在宿舍的床上有你的味道相伴入梦。

五

离开家的时刻,给你要一个长长的抱抱,手提行李、站在门口的迟疑与不舍,成就一幅别离的肖像画,那门框成了画框。

六

深夜，医院灯火通明，让人睁不开眼睛，你困倦地望向急诊室方向。上高中的她拿了处方过来，坐在你身边，竟为你做起了眼保健操。那一刻，天地澄明，你被幸福融化。

七

停车入库的你总是紧张，她总是及时地帮着按下遥控钥匙。你说："急人所急方能走进人的心里。"她说："我永远是你的芝麻开门。"

而今，芝麻开学了，你的思念又开始了。

花儿要开，树要长高，河流要奔向大海。孩子是上天的恩赐，她一点点长大，离开你的怀抱，越走越远，给你一个背影。但是孩子成长的记忆，点点滴滴，总是那么美好。

你没有让我失望

又到了一年中最冷的时候,惦记着昨夜发烧的女儿,我盯着时钟,毅然决然放下手头的工作,在十一点半准时站在校门口排队放学的地方等她。

正当我目不转睛看了半天也没有看到她而低头理了理寒风中的丝巾之时,她轻轻叫了声"妈",就站在了我的面前。我快速地审视她,只见她脸色有些苍白,眼睛倒也有神,精神不错,心中稍稍放松了一些,顺手揽过她的小肩膀,开车回家。生病的孩子,还是在家做些清淡的饭菜吧,何况还要吃药。

征求了她的意见,煮了贝壳面,放上香葱青菜和牛肉丁,正招呼她吃饭,电话响了,单位里有事。

她问:"能不能不去了?"我无语。孩子是需要用心陪伴的,可也不能一味沉湎;父母是孩子最好的老师,你的一言一行都在潜移默化地影响着她。孩子最终都要离开父母走向社会,父母的行事风格,应该给孩子良好的引导。她让我给她锻炼独立的机会,那就从今天开始，也让我看看她是否拿得起放得下……

"妞妞，今天妈妈有工作。你一个人在家吃饭、喝药，然后呢，你自己打开电脑听一会儿英语，我会安排你小帆哥下午一点二十来接你上学。"我平静地说完，看她的表情。她还真没让我失望，也平静地说："好吧。"我有些意外，有些欣慰，也有些不敢太相信，就说："你能让妈妈放心，是对妈妈最大的孝顺。"她似在下决心地说："妈，你去吧，你放心。我吃完饭就喝药，然后听英语。"我抱抱她，亲亲她的额头，硬起心肠走了。

一点半时，我打通了小帆的电话，询问她的情况，她充满阳光地笑着，向我报告喝药和听英语的情况，我悬着的心慢慢放下，感觉这寒冬午后似有似无的太阳，是那样明亮，那样温暖。我的孩子呵，你真的给了我满满的幸福……

（小学记忆）

美人蕉开花了

　　小女孩儿嘴不饶人，虽然十一岁生日还没过，但说出话来，常常让你意外，有时还让你无措。问她"嘴上逞强是不是感觉特爽"，看你不是真生气，她就顺着你的语气外带夸张地点着头应一句"嗯"，你要是语重心长地来一句"君子讷于言，而敏于行"，她则顺口答一句"我不是君子，我是小孩儿"，转眼已走出老远。

　　端午节过完了，恢复上学上班的节奏，今天早上她的早起让所有人意外，还自己吃了早餐，催促我赶紧送她上学。但是车钥匙却怎么也找不到，看着有限的时间一点点溜走，我急出一头汗，问她昨天去车上取东西后把车钥匙放哪儿了，她说："我用完后放你包里了呀。"去包里找却没有找到。知道她有乱扔东西的习惯，语气中就多了许多责备，越找不到心越烦，甚至没有了寻找的信心。

　　见此情形，决定让爸爸送她。听着他们下楼，由近及远。一会儿，忽然好像听她在门口轻轻叫了我一声，那语气与刚才判若两人，我正疑惑，听汽车发动，他们走了。

家里只剩下我一个人，心情稍稍平静一些，又一番找寻，无果。我下楼，想再次看包里有没有，却赫然发现车钥匙就在包的旁边。我明白了她轻声叫我一下的意思：昨天取完东西，她把钥匙顺手丢在了车上。刚才叫我，是想告诉我钥匙找到了，怕我训她，又急于上学，于是就那么轻轻地叫了我一声。

中午接她，翘首半天找不到，正着急，她却从旁边钻出来，还抱了一个学校发的大大的奖牌，上书金色大字"奖给××同学：书香家庭"。这个奖来得突然，毫无征兆，让我意外。路上先问她得奖的原因，又问她早上轻轻叫我一声是什么意思，她一愣，顺嘴说："我和爸爸把你的车推到里边了。"显然答非所问。问她是不是用我的钥匙开的车库门，她又是一笑。我说："你发现了我的钥匙，想告诉我，却与早上争辩时你说的用完放我包里了的话相矛盾。怕我再训，所以只小声叫了我一声就溜了，对不对？"她只笑不语，忽然，指着路边的花圃说："妈，你看美人蕉开花了，多漂亮呀！"

（小学记忆）

静听花开的声音

　　女儿升五年级了，忽然发现她有许多小变化：比如说话声音放低了许多；比如我偶尔笑着叫她"丑丫头"，她也不似以前那样立马还以颜色；着急时吼她两声，她也只是淡淡一笑或没有表示，要不就趁你不备"幽你一默"。比如今早，因为她贪睡害我开车着急，训她："为了你的几分钟，让我在人群车流中穿梭。"她先是不吭声，下车时却笑嘻嘻地说："就你那身材，还穿梭呢。"一边往学校走着还一边不时地向我挥手做鬼脸。我一拍脑门儿，原来她在讥讽我既没有"梭"的苗条也没有鱼的灵活，这孩子！

　　放学路上，她问我要不要继续当班长，要不要争取去学校广播站服务，我说你自己决定，你只要明白你自己想要的是什么。她问我在不在乎她每次考试是否考第一名，我说只要你平时做好了你该做的事情，还是那句话——该干吗干吗，她拉长了声音替我说了。我要求她新学年多读些经典名作，不要总是看阳光姐姐、辫子姐姐之类，她说那把以前买的二十多本国际金奖小说先读完吧……沟通是如此平静，如此顺畅，我欣喜之余，发现孩子真的是又大了一岁。

今年春天以来，她个子长高了许多，我说她是见风长。暑假因为生病住院，篮球训练也停了一阵子，长胖了一些，小脸上也有了质感，齐刘海儿下一双眼睛乌溜溜转动，健康乖巧得像一朵小花蕾。日月轮回，眼见她像个猫儿、狗儿，像条鱼儿一样，一点点长大。如今躺在床上，简直是庞然大物，站到你身边，那海拔大有赶超之势。

今年游泳，七八年泳龄的我，那一次因为心不在焉外加慌乱险些溺水，害我许多天不敢下水。再去时分外小心，也对每次同去的她更加戒备，有时干脆站在岸上，远远地却是目不转睛地看着她在深水区顽皮地横着游过一条条护栏，像个小鸭子一样活泼而熟练，但我还是生怕她有一丝闪失。

暑假中她生病，疼得哇哇大叫，一下子将我的心情逼到风口浪尖。暑热中狂奔到医院，病房外一通电话联系熟悉的医生，回来时她已被推到处置室做腰部穿刺检查，想起她没有我陪伴的孤单及手术的痛楚，我飞奔到处置室门口，面对紧闭的房门忽然就泪如雨下……

每次她写作文时的"困兽犹斗"；每次与姐姐相处

时，总是挑起战争在先，吃亏在后，继而又"义愤填膺"地告状；说话时从来不会自摆乌龙的伶牙俐齿，与人争辩时自信又霸气的神态及语气，在意每次考试是否是第一名的小小心思……

这，就是我那快要过十岁生日的小女儿。

如水的夜里，替她拨开盖住半边脸的厚厚的头发，抚摸她结实的腰身，轻轻地将她搂在怀里，听她均匀的呼吸。我的心里是那样甜美，那样沉静，感谢上天的赐予，孩子，是母亲的阳光，是我生命的华彩。

人说"农耕有时，花开有序"，让我欣喜地，在平静的岁月里，静听花开的声音。

（小学记忆）

春雨一日

今年春天的雨来得频繁，而且每次都缠绵数日，叫人欣喜。

这次更是如此，下一阵儿停一阵儿，一周时间就这样过去，空气是空前的湿润。

下午五点离开单位，与友人约好一起走走。几天来连日下雨，薄雾若有若无。马路上，隔离带里的花与树，最两边的杨树，连同田里的庄稼、田垄边的野草，都将最滋润最浓郁的绿色呈现，与浅阴、薄雾共同营造了一个葱绿的世界，穿行其中，让人有说不出的舒畅与平静。

汽车徐徐驶过，不知不觉间已到商都植物园。如果说路上的绿色是写意风景，那么这里则展现着一幅幅绿色特写。前些天的迎春、梅花、樱花，已收起彩色的花云，在湿润的风中静静散发着各自的绿色；那些一直酣睡的光秃着枝干的各色树木，仿佛蓄积了足够的能量，正趁着春雨的滋润，争先恐后地长出叶子，并将叶片长得更大更厚更绿，让你仿佛走入了《绿野仙踪》的翡翠世界。

几点雨落，接着越下越紧，终不能再驻足流连。与好朋友道别，坐进车里，一边赏雨，一边等孩子放学。

孩子趁了同学的伞来到车边，要求带同学去家一起写作业，再补习一下英语。伞下两双期盼的眼睛，不由我不同意。

雨下得紧，许多路面排水不畅。往家的那段南北路想来应该正"暗流"汹涌，就去了单位。

两个女孩儿安静地写着作业，像两片清新的树叶，叫人爱怜。我悄悄地躲进隔壁，趁机在网上遨游一番，那些新闻啊、微信啊、百度啊、淘宝啊，让我如鱼得水。为了孩子学习不分心，家里没接网线，上班时间又要工作，因此，上网对我来说成了奢侈。

隐隐听得那边女儿像个小老师一样，向同学有模有样地讲着英语的将来时和过去时。十岁的孩子，能合作、会给予，多好的人生开端啊，我在心里笑了，伴着上网的愉快。

家里打来了电话，时针指向七点半，叫了孩子，上车回家。

雨已停，路上不时有亮亮的一摊，那是还没有流走的雨水。路上偶尔有车路过，更显出夜的宁静。

希望这春雨,还能时不时地,再下上几天。

（小学记忆）

明月蓝天

　　冬季昼短，女儿放学时已近黄昏。功课渐渐重了，打篮球的兴致也减了，原本是每天放学后学校的运动场上总能看到她矫健的身影，体育老师也对她有高度的评价，怎奈今天她说练了球后回家写作业时间有点儿紧。正长身体的阶段，锻炼不能少，于是约定在植物园门口见，去里面跑跑步，算作一天的运动。

　　城西的植物园是个不错的去处，茂密的树木花草一年四季呈现着不同的风景，临近边沿的大路环绕一周有一千多米，与蜿蜒曲折的小路相互连通，人们或锻炼或休闲，都愿意来这里。

　　天气比较冷，母女俩并排跑了起来，谁知她一会儿就不跑了，还有些唉声叹气，问她，她说烦，问她烦什么，她说啥都烦。我心里有些不悦，小孩子家咋没个好状态呢。

　　看她实在不能平静，我笑着说你要真烦就朝树上踢两脚，小女孩儿还真踢了两下，继续前行。她又朝路边一棵更粗的杨树踢过去,却弄疼了自己。

月亮不知何时已升上天空,月华映衬着蓝蓝的天幕,让人的心情也随之开朗。褪尽叶子的树木将枝条伸向空中,形成美丽的剪影。地上,月光与树影组成的画面更朦胧也更诗意。在这样的境遇,思绪灵动,往昔与未来总是与当下不期而遇,在明月与清风温柔的陪伴里,生出一些感慨、一些期待、一些柔情。

心情低落的孩子,像困在笼里的小兽,让我心疼。我搂住她的肩膀,问她烦什么,鼓励她说出来,也许就不烦了。她无言,我就拉着她的手静静地走着。正当我不知在想着什么的时候,她反过来趴在我肩上说:"妈,我很难过。"

我静静地听她诉说,又一点点儿问其中的细节,虽说是同学间相处的一些小误会,在大人眼里的小事情,但在孩子的年纪这些事情可一点儿也不小。听她说完,发表我的看法,尽量从她的角度,考虑她的感受。

她一直拉着我的手,紧紧依偎着我,能感觉她渐渐地平静下来。孩子近段明显在长个子,手都有劲儿了许多,她那小小的心灵,也像身体一样是急需营养的吧,妈妈的关怀怎能缺位?

想起小时候,也是冬天有月亮的夜晚,院子里的大枣树褪光了叶子,黑黑的枝干伸向深蓝色的夜幕,小小年纪的我，因为没有在小学第一批戴上红领巾而生出深深的痛楚，还固执地留在心里，时不时涌上心头，折磨着一颗稚嫩的少年之心。要是当时妈妈能发现，还能对我说一句"孩子，没关系，第二批也行的"，也许我的痛楚不会那么深刻、那么长久。只可惜那个年代，母亲们都忙着生计，顾不着这些。我现在要做的，就是适时引领孩子走出迷茫，走出痛苦，健步前行。

今夜月很明，天很蓝，在经常有雾霾的当下，尤其难得。我愿是那轻风，能随时吹散孩子心头的雾霾，让她心中的天幕，始终保持一片干净的明月蓝天。

（小学记忆）

忙碌的清晨

十二岁的孩子,白天里各种折腾各种淘气,早晨却是无论如何都不会自己醒来的。

用过各种方法叫她起床,闹钟、广播、歌曲,拉开窗帘,介绍早餐,说她平时感兴趣的话题,等等,有时还需要带点儿故事性,比如"今天早上妈妈去跑步了,遇到一只小刺猬"!

待你办法使尽,快要放弃时,她也许会有些动静,比如今早,不睁眼,却伸着两只胳膊要抱抱,待挽住了你的脖子,说要讲个笑话,闭着眼睛就讲起来了一个班正在上课,老师正讲非洲大草原动物迁徙,同学们都低着头不知在干吗,老师急了,说:你们都不抬头,怎么知道非洲大野猫长什么样?

见我没笑,她说再讲一个:狐狸正走路,看到一只老虎和一只狮子在那里哭泣,就上去问他们为什么哭。狮子说,我们家那河东狮吼啊,真让人头疼。老虎说,唉,我们家的母老虎呀。这时狐狸也哭了,说我们家的狐狸精也不省心啊。虽然闭着眼，却有语气和动作，让人忍俊不禁。

话不落地，她又说昨晚做了个梦，梦见自己考了四个100分，正高兴呢，老师却说本次考试满分都是150分，傻眼。

我少不了又安慰她两句，又催促她赶紧起床。

昨晚睡眠不好，孩子却是要正常吃饭、正常上学的。我在厨房里一番忙活，不停地催促她，终于我们融入了上学的人流。到了学校门口，她不紧不慢地下车，还不忘向我挥一挥手。

十一二岁的孩子，神奇地长得如大人般高大，语气里学着大人的模样，却不乏孩子的天真，除了睡着的时候，每天是层出不穷的活力、花样翻新的折腾。想起多年前的那次旅行，东北大炕上睡着几个家庭，那个十一二岁的少年，同样是晚上兴奋得不想睡，早上睁开眼就笑个不停，说个没完，明亮的大眼睛东瞅瞅西看看，露出刚换好不久显得有点突出的大门牙，让人惊奇孩子的世界是那么奇妙。而今他国外游学归来，已经是一个深沉优雅的绅士。我的孩子长大后是什么模样？暂时还想不出来，因为忙，也没有更多的时间去想。

行走在上班的路上，清醒和力量正一点点向身体汇聚。阳光有些疲弱，空气有些混浊，单位里播放的歌曲依然充满正能量。到办公室泡一壶热茶，在温热的滋润里，让自己先舒缓一下。

（小学记忆）

滑板少年

我现在所在的位置地处黄河中游与下游的分野，仲秋的黄河边，波平野阔树低。

落日熔金，辉煌了西半边宽阔的河面。满月却已挂在东边的天际，皎洁圆满而又淡然。

荷塘片片，荷叶的边缘有些微卷，掩映着莲蓬朵朵。滩涂里的花生正在收割，空气里弥散着新花生特有的带着泥土味儿的清甜。

滑板上的女孩儿御风而行。白色的水鸟舒展着翅膀时时飞过，喜鹊的喳喳声和不知名的鸟儿动听的鸣啭相和相应，燕子和麻雀在空中翔集又分散……

有人手持望远镜，时而望向含黛的远山，时而对准辽远的河面。问看到了什么，答曰："嫦娥。"又问嫦娥长什么样，回答："和你差不多。"

已经走出很远，视野里滑板少年在平沙阔野之间成了小小的一点。暮色升起，少年还在远远的前边。望远镜递过来说："你也看看嫦娥吧。""既然嫦娥和我长得像，我就不看了吧。"

蝉声消歇，蟋蟀的歌声却千年不变，与四处的蛙鸣此起彼伏。

夕阳终于落在水天的汇合处，留下金红一片。东边天上的月亮此刻有了色彩，暖暖的月辉映照天际。

滑板属于风行的少年，那是一周紧张学习生活之后的舒展与放歌。望远镜让人看得更远，那是成年人在生活的纵深里望尽天涯路的惯性。可是这两样我都不要，与你们为伴，走在山野间，走在微风中，看滑板风一样近了远了，远了又近了，像天空的风筝，而我是那风筝的线的一端，这感觉，已然满足了。

（初中记忆）

与孩子一起成长

——在五年级家长会上的发言

各位家长大家好,感谢班主任给我这次机会,使我得以和各位家长共同分享交流养育孩子的感受。我的发言从以下三个方面展开。

一、"永远的朋友"

许多次,当我俯身凝望孩子稚嫩的小脸,莫名的压力就涌上心头:将孩子带到这世界,能让她平安幸福吗?人生有太多苦难,我能为她做点什么?

孤独是无奈的,但我不希望她孤独,得为她找个朋友。

寻觅长久,发现堪当此任的只有阅读。因为这个朋友永远不求回报,永远不会背叛,而且无论何时都让她开卷得益。

目标既定,就开始实施。在她四五个月大时,偶然得到一本《婴儿画报》，彩色大图，语言精练而标准。将她抱在怀里，每天给她读里面最主要的故事《小乌龟看爷爷》，口里读着，手为她指着相应的画面。一周下来，她分明有了印象，一打开画报，她嘴里就发出声音，手也往书上凑，让我信心倍增。渐渐地，随着阅读次数的增加及她本身的日夜长大，一篇图文并茂的小故事，她理解所用的时间越来越短，你拿了书准备抱她时，她就显得兴奋，小手有机会够到了书，又是啃又是揉，那个高兴啊。

我一口气网购了五年的《婴儿画报》合订本，五大本书摞起来和她的身高不相上下，并发明了"最高级"的包书皮的方法，用透明胶带将一本书封皮的三个边及书脊加固一遍，不影响美观，还特别结实。从那时起到今天，每学期的课本及每一本我们和她认为重要的书，都要如此加固，时时操练，这门纯熟的技艺我觉得都可以申请专利了。

在她上幼儿园之前，我每天中午都和她一起读书，慢慢试着将一句话不读完，留两个字让她填空，她总不让人失望。后来我说上主语等她补起后面长长的谓语，有时候让她将一句话里主谓宾定状补补齐全，她也说得有板有眼。再后来我读一句，她跟一句。还有就是我读书，她来模仿相应的动作，那些带拼音的字句，倒是训练了我的普通话……

幼儿园及小学阶段，我们共同阅读了《婴儿画报》《幼儿画报》和其他一些知识类、修养类、训练类图画书。随着她过了生字关，阅读变成她一段我一段，或者她一页我一页，有时候她挺小心眼儿，专挑带画面的一页去读，我知道那是她累了。有句话说"孩子是吃饭长大的，更应该是读书长大的"，我们在努力做到。

而今，学龄渐高的她，每晚做完作业，总会抽出时间搞些阅读，我也乐于谢绝大部分玩乐，与她共守一方温馨；心情不宁的时候，身体疲惫的时候，让她给我读一些文字，听着那天籁一般的声音，不知多少次竟心情渐渐平复，沉沉睡去……

二、快乐

记得在哪儿看过一句话：学生时代，如果你不是快乐的，那么你注定是不快乐的，没有中间地带。

有本书的名字叫作《人生以快乐为目的》，读这本书引发了我对人生目的的许多思考，细想来，人生不就是以快乐为目的吗？一切的努力与尝试，都是为了快乐。

也许十多年的学生经历让我感触很多，也许正值学龄的孩子让我忧心不少，总之这句话深深印在了我的心里，并时时响起在耳边。

妞妞是两岁多入幼稚园，就在我单位的隔壁，并协商好刚入园的前几个月执行半日制，以便孩子适应。刚开始入园，孩子兴高采烈，几天后变成了我送完她转身时，她拉着我的手不肯松开，我不解。老师说近日她总一个人占一排座位，不让别的小朋友靠近。孩子分明是不快乐的啊。仔细观察后我发现，她很想与别的小朋友玩，但过于热情，遇到那些安静的或胆小的小朋友，她得到了冷淡或拒绝，挫折感让幼小的她将自己包裹起来，干脆谁也不理。

渴望友谊又缺少方法，敏感而又倔强，孩子打包遗传了我的性格。我心里很是焦灼。

上下求索中，想起母亲常说的"想要公道，打打颠倒"，各类媒体倡导的"换位思考"，欧美国家的家长每天问孩子"今天你为别人做了什么"，这些来自不同方面的信息，共同之处是要弄清、搞好自己与别人的关系，要学会站在对方的立场考虑问题。

为此，我将"学会微笑"四个字写在便利贴上贴在每天我们出门前都要经过的衣帽镜前，要求她每天对着镜子笑一笑再出门；会在每次送她到校门口时叮嘱她"和小朋友说话不要急，慢慢来"，会在每次放学后问

217

她"今天有什么高兴事吗",会在与她聊天中告诉她多发现同学的长处并学会欣赏和赞美……

孩子的笑声一天天爽朗起来,我在这些强化中也渐渐习惯于从对方的角度考虑问题,心境也更加平和了。

三、"天下难事,必作于易;天下大事,必作于细"

女儿好胜又性急,在受挫时表现无遗。一件做不好的手工,一道解不出的习题,一篇写不出的作文,都足以让她爆发,撕书毁笔抑或大哭一场。

从替她着急、生她的气再到作壁上观,我的态度渐渐冷静。

我给她讲了个故事:一只老虎被关在铁笼里,它疯狂地去撞、咆哮,最终也没有逃脱。我告诉她这叫"困兽犹斗",她好奇地听我讲完故事,脸露同情,我问她那老虎像谁,她笑了。以后,她再有类似表现,我就问:还记得那成语吗?她就会好一些,但有时也不管用。

她四岁多学轮滑,刚开始像个学步的小鸭子,让人看着都替她捏一把汗。我就每天晚上带她练习,后来动作就协调了,还能做酷酷的花样。我告诉她这叫熟能生巧,并将这个道理时时贯穿到她的学习、生活之中。

后来与她共读一本书《小狗钱钱》，里面引用了一句话"天下难事，必作于易；天下大事，必作于细"。它使我豁然开朗，万丈高楼平地起，所谓"世上无难事，只怕有心人"，不就是这个意思吗？只要有了既定目标，从细小的事情做起，从简单的地方做起，从平时做起，坚持不懈，假以时日，结果一定不会太差。

"天下难事，必作于易；天下大事，必作于细"，真是睿智之言，它赋予我们不怕困难的勇气与自信，让我们随时随地，自信地出发。

大妞的文字之一：越来越近

　　每年快开学的时候，心里就滋生出一种依依不舍的感情，大概是出于对家的一种依赖与眷恋吧。

　　回学校对于我来说，就像重新奔赴一个战场，遇到的所有事情都要靠自己，再大的压力，再多的委屈，都要自己去面对。它无时无刻不在提醒着我：要独立，要坚强，要长大。

　　在家里就不一样。比如今年寒假，我的任务就是减肥，少吃饭多运动。每天我都会去健身房锻炼，回到家里就懒洋洋的。

　　我知道自己脾气不好，总爱与人因小事争吵，事后曾无数次思索，为何人家要与我针锋相对？难道是仇人吗？是不是自己的问题？当意识到这一点，我就会放下执念。在家里，家人的爱总是可以融化一切，会通过沟通、讨论、道歉解决问题。我爱我的家，我的家里总是欢笑连连，家是我避风的港湾，家人给了我无微不至的关心，我拥有比许多人都要多的爱与温暖。

今天是3月9日，下午我把返校的机票买了，是3月13日的，还有三四天。两个多月的假期很快就要结束了，不禁感叹时光飞逝。

晚上回到家，我看了看四周，能打扫一次是一次，我要珍惜在家的时光，帮妈妈分担家务。

打开日记本，发现一个假期自己已经写了大半本，一页一页地往前翻，往事历历在目，它们像贝壳一样躺在我的脑海里，好久都不被拾起。第一篇写的是女生的小故事，当时浑身不舒服，肚子好疼；后来薇薇放假了，我们一起玩儿，妈妈不在家的时候我去她家住；还有妈妈对我的各种关怀和照顾……一直到最后与朋友分别，每个人的寒假都差不多结束了。本来想写满一本，最终心愿也未达成，不过没关系，不管在哪儿，我都会继续写日记，这个习惯会坚持下去。

从小学开始离开家，初中、高中，越来越远，后来就到了北京这边。现在的学校离家好远啊，根本不是以前一个小时车程的情况了。学校和家里隔山隔水，乘飞机或者火车抵达之后都还要乘一个小时汽车。刚开学时，叛逆心理使我认为离开父母，离开家，在哪儿都好，可是我错了。离开家不仅各种不便，沟通有时也难，而且还见不了面。最后自己是一个人，要独立面对所有人、所有事，唉，以前小，自己一个人时还很开心，现在长大了才知道，家才是最好的地方。但是我有梦想，我会继续努力，该有的总会有，天上不会掉馅饼，我只有坚持努力才会成功。

到学校后，我会安安生生地本分地做好自己，争取不出差错，希望自己可以与各位老师、同学处理好关系，做老师心中的好学生、同学心中的好朋友。体重减下去了就不要再涨回来，减肥多不容易呀。马上面临考试，痘痘也应该想办法解决，不然真的会影响形象分。好好管住嘴，迈开腿。加油吧。

（大妞的文字）

大妞的文字之二：分别

我就要告别家乡，告别那个熟悉的地方，也要告别以前那个不敢表现自己、依赖父母的我。

妈妈，在离别的时刻我想再跟你说说话。你总是追求完美，自己追求了，还要其他人也一样，达到你想要的效果，可是我觉得不要这样，你自己累，别人也累，最终会让身边的人产生逆反心理，对你的身体也不好。

萱宁学习任务很重，但是这个年纪又玩心重，你呢，要让她学会对待学习就跟玩儿一样，让她自己喜欢去学，给她点奖励，带她看看电影，吃顿大餐，都是给她心理上的放松。她现在初三，不仅你们心里紧张，说实话，她每天在那个环境里，心里也紧张，要对她温柔点儿，不要让她那么紧张。你要淡定，没事呢多和她聊聊天，要学会降低自己的身份，与孩子成为好朋友，这样孩子心里的真实想法才能让你知道，到时候你就知道要怎么做了。

最后说我爸，我爸还是有很多优点的，还偷偷给我打钱，我才有多余的钱，才可以买更多自己想要的，就凭这我也得捧着他。有时你们聊天以不开心的方式解决，你知道为什么吗？因为你特别强势，你内心觉得自己永远是对的，久而久之，人家也不愿意跟你聊，你要学会变得温柔一点，强势真的不好。

我去学校后就不会有人陪我这样说话了，其实我特别不舍得，和你在一起有时候特别开心，觉得妈妈在身边真好，但是有时候我就不愿意和你在一起，因为你会因为一点儿小事发火，造成你很生气，我也烦躁，这样真的不好，我不想再和你吵架了，我想好好地珍惜和你在一起的每一天。我去学校后，会抽空给你打电话，只要每次说话都好好说就行，不要动不动就训我，显得你也不优雅。以后我工作了，萱宁上大学了，你这样的话就有损形象了，要慢慢改。你呢，报个瑜伽班，保证天天上课，心情会静下来，会看淡许多事，并且对你睡眠会有好处。然后，我希望你可以多与人一起锻炼啊，打打球啊，你多参加社交活动，这样也可以转移注意力，让你可以不去再想我们身上的这些不完美，你压力也小点儿，每天都会开开心心的。

我说的这些，叮嘱你的你一定要好好想想，记在脑子里，能去做就去做，每个人都是不完美的，都是有缺陷的。你呢，不要在乎这些，你要综观大局，这样你就不会那么压抑了。

　　我和萱宁都没长大，属于你的最幸福的人生时刻还没有到呢，不过我们都会努力尽快长大，都完成自己的梦想，让你也放松，你就不要担心那么多了。我爸回来了我也说说他，好好给他思想教育一下，你也放心吧，他就是不说，但是心里也知道，你是一生陪伴他的人，他会用自己的方式去对你的，只是有时候他进步小，你不要着急，要静观世界，看到他的改变。

　　放心吧妈，这次我去学校后，我会对自己特别"狠"的，你放心吧！加油！

（大妞的文字）

吹 泡 泡

我的爱好有许多，比如说跳绳、跑步、画画……可是我最喜欢的是吹泡泡。

我今天就买了一瓶金黄色的泡泡水，回到家里，就迫不及待地把泡泡水的瓶盖拧开，然后把泡泡棒拿出来，蘸一蘸那神奇的泡泡水，放在嘴边，努起小嘴轻轻一吹，便能吹出来许多小泡泡。

有时候，我慢慢地轻轻地吹，能吹出来一个大泡泡，这泡泡很美丽，五色的浮光在那清澈透明的球面上乱转，我真想坐上它飞到天上，看看跟我坐飞机的感觉一样不一样。有时候吹得用力一些，就能吹出来一串串五光十色的小泡泡，我真想亲手把小泡泡串在一起，串成一条美丽的项链，送给我那亲爱的妈妈。

我从小就喜欢吹泡泡，如今我已经是三年级小学生了，吹泡泡仍然是我的最爱。

（闫萱宁 8岁）

甜甜的柿子

今年秋天,爸爸给家里买了一箱红灯笼似的柿子,又大又红很诱人。妈妈看到我很想吃,就洗了一个给我。"啊,真甜啊!"我一边吃一边情不自禁地赞叹。

吃着这个柿子,我想起了邻居边奶奶。平常有好吃的,边奶奶就会给我们送一些,于是我就对妈妈说:"妈妈,把柿子给隔壁的奶奶送点吧,再说她年纪大了,出去买东西也不太方便。"妈妈微笑着点点头,我高兴地说:"哦,太好了!"于是我就拿了一个塑料袋,装了七八个柿子,跑到奶奶家门口,咚咚咚地敲了几下门。奶奶打开了门,弯下腰,慢条斯理地问我:"你要干什么呀?"我说:"奶奶,我给你带了柿子,可甜了!"奶奶高兴地说:"谢谢你,好孩子,妞妞长大了,真懂事!"

我从袋子里拿出一个柿子递给奶奶说:"奶奶,你先尝一个吧。"奶奶尝一口,乐呵呵地说:"真甜,谢谢你!"我说:"不用谢,奶奶。刚好我要回家了,奶奶再见!"

　　望着奶奶慈祥的笑容,我突然发现分享东西也可以让自己开心,多一份爱就多一份快乐。

(闫萱宁　8岁)

喧闹的超市

今天上午，我和妈妈一起去超市买东西。

超市里的人真多呀！人头攒动，热闹非凡，货架上的货物琳琅满目。

进入超市，我们首先听到超市里播放着抒情的音乐，然后看到了一位女售货员，在销售立白洗衣液。她用响亮的声音喊着"立白洗衣液，买一送一"。进入超市的内部，我们又看到了一位售货员，人很漂亮，她用那清脆的嗓音在喊"谷粒多，走过路过不要错过，免费品尝"。她的前面摆了一张桌子，桌子上面摆着许多谷粒多的产品，桌子上还摆着许多小杯子，杯子里面盛着谷粒多的样品，我拿了一小杯原味的谷粒多样品喝了一口，"哇，好甜啊！"

走着走着，我们来到了卖菜的地方，这时音乐停了下来，一个女播音员用轻柔的声音说："大张量贩店庆，二十周年三重优惠活动，敬请参加！"广播结束了，超市里又响起了音乐。

我又听见了沙沙沙的声音，原来是人们在撕装东西的塑料袋。咔咔咔，这是什么声音呢？循着声音望过去，哦，原来是商场的工作人员在熟练地用封口机把装好货品的袋子封住，这样做应该是方便顾客拿取吧。最后我来到了零食区，这里简直就是小孩子的聚集地，有的小孩们坐在爸爸或妈妈推着的小车上，哭着嚷着让爸爸妈妈给他们买零食吃。

　　现在超市里什么货品都有，还有各种声音，有音乐声叫卖声，撕购物袋的声音，对话声，还有小朋友的嬉闹声，各种各样的声音谱成了一曲平凡而充满生机的生活乐章。

（闫萱宁　8岁）

幸 运 饺 子

说起趣事，我们家的趣事可是数不胜数。

今年春节的早晨，爸爸带我和姐姐放完鞭炮回来，看到妈妈在包饺子，还看到餐桌上有四枚崭新的硬币，我问妈妈这些硬币是干什么用的，妈妈说："我要把这四枚硬币分别包在四个饺子里，谁要是吃到了，谁就是这一年里最幸运的人。"我很惊奇，心想我要是能把这四枚硬币都吃到，那我就是最最幸运的人了。

妈妈把圆圆的饺子皮拿在左手，右手拿着小勺子把香喷喷的饺子馅儿放上去，拿起一个硬币插在馅里，再用两手一捏，一个饺子就包好了。饺子在桌子上排成了方阵，一会儿我就记不住那几个幸运饺子的位置了。

妈妈喊来爸爸将饺子下锅，雪白的饺子像可爱的小白鹅一样，一会儿就浮出了水面。我目不转睛地看着它们，盼着它们快点被煮熟。

饺子终于煮熟了，爸爸将它们分盛在四个盘子里。我迫不及待地吃了起来。真烫啊！一个，两个，三个，哈哈！我终于吃到了，在吃第四个的时候，感觉牙齿被什么硬东西硌了一下，放到盘子里一看，就是那枚金光闪闪的五角硬币！我高兴得立刻就蹦了起来，连呼了三声："耶！耶！耶！"

忽然我看到妈妈趁姐姐转身取东西时，往她盘子里夹了一个饺子，我正在纳闷，就听姐姐说："咦，我这么快也吃到了！"姐姐吃的正是妈妈夹给她的那一个。

妈妈为什么自己不吃呢？难道她不想成为幸运的人吗？后来我悄悄地问爸爸。爸爸笑了，反问我："你说呢？"

哦，我明白了！于是我就趁妈妈不注意把自己碗里的饺子一股脑儿全倒进她的碗里，说不定硬币就藏在哪一个饺子里呢。等妈妈转过身来一看，惊讶地叫起来："我的饺子怎么变多了？"

我和爸爸姐姐都笑了起来。

你们说这件事有趣吗？

(闫萱宁 9岁)

节日的商场

今天是 12 月 24 日,圣诞节就要到了,妈妈带着我和姐姐一起来到了王府井百货商场。

一进商场,节日的气氛扑面而来,温暖亲切的《圣诞快乐歌》飘进我的耳朵,一棵棵高大美丽的圣诞树耸立在我们面前,整个商场漂漂亮亮、热热闹闹的。

我们乘扶梯先到四楼,妈妈看了几家床上用品,与售货员阿姨还说了几句话,就下到了二楼。二楼是女装,在一个时尚专柜上,妈妈看中了一件衣服,试了又试最后没有买,售货员姐姐可热情了,和妈妈边说边笑着把我们送到了扶梯口。后来我们下到了一楼,妈妈又在一家鞋店看中了一双鞋,可不知为什么,最后还是没有买。

我想起妈妈以前给我俩说的,进到商场不必直接就是买买买,多看看练练眼是很必要的,有了好眼力,才能买到你最想要的。看来,这次妈妈重点是带我们"练眼"来了。

可能妈妈看着我们太闷了,所以问我们想不想吃冰激凌,我和姐姐一起说好啊,于是妈妈给了我十块钱,让我自己去买冰激凌。

冰激凌买回来了,我和姐姐一人一个,心里甜滋滋的。虽然除此之外什么也没有买,但是我分明感受到了节日的快乐。

(闫萱宁　9岁)

采 枫 叶

这个周末,我和妈妈一起上周山采枫叶了。

今天阳光明媚,秋高气爽,是登山的好日子。一大早我们就出发了,当时人还很少,在周山上几乎还看不到什么人,但是路两边鲜红的枫树叶,倒是给这里平添了一点亮丽。

我和妈妈一边哼着歌,一边采着枫叶,快乐极了。山上的公路是水泥路面,很干净,枫叶一片一片铺在上面,有的鲜红,有的淡黄,有的深褐色。我们挑那些形态完整,色泽鲜红的,一片一片拿在手里,准备回去以后压在书里,等它变干了,再过塑做成枫叶卡片,还可以在上面写字、画画后再塑封做成漂亮的书签,也可以做成贺卡,送给老师同学和朋友。

不知不觉半小时过去了,一小时过去了,我们每个人手里都是一大把枫叶,实在太高兴了。

回到家打开锅盖,这哪里是粥啊,都成饭了,原来妈妈出门前煲了粥,而我们采枫叶忘了时间,哈哈,连早饭都没得吃喽!

(闫萱宁 10岁)

童年趣事

　　童年就像一朵七色花，有欢乐，有悲伤，也有梦幻。在我成长的路上，发生过无数快乐的事，有一件事是我至今都忘不了的，每当想起它时，我便会暗自发笑。

　　记得有一次姐姐给了我一盒巧克力糖。这巧克力糖是圆形的，小小的扁扁的，就像大药片一样，外面是一层糖衣，里面则是巧克力，味道香香甜甜很好吃。没几天我就把它给吃光了。

　　有个周末在家，我坐在地上，很没意思，想吃糖，可是妈妈机灵着呢，总是把糖藏在一个我找不到的地方。于是我只好想着我的糖却吃不到。

　　可是我突然想起来，以前吃糖的时候，总会掉到沙发上一些，而且有的我也没有去拾。于是我就起身去沙发上找，希望有新的发现。东翻西找，终于在沙发缝里找到了一个和姐姐那次给我的巧克力很像的东西。

　　因为太想吃糖了，所以我没有仔细看，拿起它就放进了嘴里。啊，好苦啊！原来它只是一个药片！我也不知道漱口漱了几百次，嘴里的药味才勉强减轻了些。

　　这件事虽然过去几年了，却在我脑海中留下了深刻的记忆，想想我那时不知所措的样子，真是可笑。

（闫萱宁　10 岁）

快乐时光

今天我们又开始阳光体育活动了。因为学校操场铺设塑胶，所以我们已经三四个星期没有进行阳光体育活动了，我们的操场原本就很不错，像个帅气的大哥，如今穿上了靓丽的新衣，显得更加精神抖擞！

丁零零，第二节课下课了，同学们有的拿着毽子，有的拿着小跳绳，还有的拿着崭新的大跳绳，说着笑着兴奋地跑下楼，我想他们一定都充满期待，想看看操场的新模样吧。我也不例外，恨不得背上绑个火箭，一下子飞到操场上去！

到了操场，广播就响了起来，"一分钟单摇开始"！广播声音未落，操场上就响起了跳绳快速抡过的呼呼声、甩到地上的啪啪声，同学们个个脸上都洋溢着快乐，我也沉浸在了这快乐海洋之中，不知不觉一分钟就过去了，"一分钟双摇开始"！呀！我最不擅长双摇了，别说是三个，我连一个都跳不过去，同桌看透了我的心思，嘿嘿笑了两声，我有点不服气，便一直跳一直跳，就这样，哗的一下，短暂的一分钟又过去了……而太阳就在这短暂的一分钟之内，在我的脸上留下了许许多多晶莹的珍珠。

　　终于到了我最喜欢的跳大绳时间，只见两个同学用力地抡着绳子，而我们早已排成了一条龙来跳。轮到我了，只见我瞅准绳子抡到最高处时跑进去，进去后看着绳子落到地上的瞬间轻轻跳起来，让绳子从脚下过去，紧接着整个人再快速地跑出去，动作完成，后面的同学也像我一样鱼贯进出，这感觉真是太美妙了！可是时间过得比跳绳抡得还快，我还没跳够呢，老师已经让我们集合了。

　　好想再跳一会儿啊！

（闫萱宁　11 岁）

心里的路

今天是个特殊的日子，想知道为什么吗？那就跟我来到操场上看一看吧。

北京时间下午1：50，我们班排着整齐的队伍来到了操场的一角，如果你看到离我们不远的横幅就知道是怎么一回事了。"冬季阳光体育运动会"红底白字，够清晰吧！是的，今天就是我们五年级的阳光体育比赛了，测验我们最近训练成果的时刻到了。

我们班的比赛项目是跳大绳。其中有一项是"8"字跳，就是两条大绳，有四个同学站在不同的位置各执大绳的一头，在抡的中间两条大绳有时会神奇地扭在一起，整个看上去像个8字，跳绳的同学要顺着节拍跳进去，蹦一下，让扭成8字的大绳从脚下飞过，再跳出去。两条大绳匀速转着，同学们排成队一个个跳进去再跳出来。

比赛开始了，我的心里紧张无比，再加上前面一个班比一个班跳得好，自己又是站在本班女生的第一个，不禁感觉"压力山大"。

  要上场了，心中却涌起一股莫名的兴奋！应该是对这项训练做一次总结了吧！我和队员们信心十足地上了场。我顺利地跳过了，给排在我后面的同学带了个好头，可是对于加入训练较晚的、我的好朋友李玉来说，就不那么顺利了，在跳的中间她绊绳了好几次。心里的内疚再加上同学们的不满，她哭了。

  这是我第一次看到她哭，我心里其实也有一点想哭。上午老师就说我和李玉跳的动作不太协调，如果不改变就不能参加比赛，当时我的鼻子就感到酸酸的，但出于面子，我没有哭出来，我相信她也是这样想的吧！

  待我们班比赛结束，我拉着她坐在操场上一个偏僻的乒乓球台上面，互相倾诉了心声。我感到心里舒畅多了，她也不哭了。我们手拉手去洗了把脸，刚好比赛也结束了，我们就回班了。

  经过这次比赛，我明白一个道理，如果你遇到挫折，不要哭泣，要勇敢去面对，去克服，或者把它倾诉出来。

  我们每天走路，去到我们要去的地方。同样，我们的心里，也有路要走，走过一程，会有一程的收获。

（闫萱宁　11 岁）

写给爸爸妈妈的信

亲爱的爸爸妈妈：

　　时光飞逝，日月如梭。我曾听说过这样一句话：珍惜才能拥有，感恩才能天长地久。转眼间，你们已经为我付出了十一年。

　　十一年前，你们有了一个要为我一辈子付出的称号；十一年来，你们成了一对什么都会的父母，为我开辟了一个属于我的舞台。父爱如山，母爱如水，你们对我的爱，在我心中构成了一幅美丽的山水画。那水比漓江还清，那山比泰山还高，可我却总是读不懂它。

　　爸爸，我调皮、任性、捣乱，你宽容、耐心、包容。你是那座雄伟的高山，那山上的每一个角落都有我的足迹。你在外面威严，到家里却是我的"随从"。你表面上从不理会我的学习，可妈妈说到我的任何情况你都细心倾听。你从不打我骂我，只是用最温和的语气告诉我对与错。你总会满足我所有的要求，却也会悄悄给我说某件东西是好还是坏。你是我心中最雄伟的山，让我永远仰望。

　　妈妈，我的品行、品德、品味，你要一点点地去了解、理解。你是那清澈的流水，那流水中的每一处，都有我溅起的水花。你在外面温柔、可亲，回到家里就变成了我的严母。你时时刻刻关注我的学习，却从不检查我的作业，我知道那是你给我的信任。你总是用最严厉的语言教训我，却会在打我之后在日记里写下自己的伤心。你对我是苛刻，是吝啬，但总会在我的意料之外把我想要的东西放在我面前。你永远是我心中那条清亮的流水，让我从来不会糊涂。

　　那高山那流水，是我心中最美的风景；那父爱那母爱，是我心中的无价之宝。

（闫萱宁　11岁）

晨风中的兰

今年夏天，我们一家经常在阳台上吃早饭，气氛和睦，一切如旧。然而，无意间一抬头，一抹翠绿猝不及防地闯入我的眼中。

曾几何时，外公亲手在露天阳台的勾栏上，栽下了几盆玻璃翠和我叫不上具体名字的兰草。日月交替，物换星移，勾栏上苍翠依旧，身边斯人已去。

这些花比我的年纪还要大。十多年了，除了外公，没人移动过它们的位置，甚至没人给它们浇过水，更无人寻过它们芳踪在何处……而它们依旧在这里，依旧绿得发亮，依旧美得独特。

外公爱读书看报，有一种文人情怀。他用青花瓷盆来栽君子之友，别有一番韵味。此刻我看见有许多枯黄的叶垂在盆沿，卷曲着，一层又一层地盖在上面。而在枯叶之上又亭亭玉立着翠绿的茎叶。兰丛生，却多而不乱，仰俯自如，姿态端秀。上下鲜明的对比，又何尝不是化作春泥更护花的深沉。

时光游走，不待旅人。这君子之友，默默经历四季春秋。春是嫩绿挺立，夏是油亮张扬，秋是金黄内敛，冬是枯黄匍匐。我看见，它在春风一度之后的破土而出，迎接朝阳。也见过它在暴虐的夏日下，顶着滚滚热浪，却愈发苍翠欲滴。还有，我看见在秋日，数树深红出浅黄的时候，它坚守一份金黄，不争不抢。还有，在千里冰封的冬日，它以一捧干枯收敛生命，积蓄能量，静待春日东风。

兰，花中君子者也。何谓君子？依吾愚见，独立于世间，洗尽铅华，不着雕饰，几经轮回，独余幽香。刘伯温曾吟："幽兰花，为谁好，露冷风清香自老。"极言兰花之默然与无私。

我的外公，默默栽下这些花花草草。苍翠一角的美，浸润家人的心。外公话不多，却一直为我们做了那么多，让家里每个人都感到温暖与美好。正如那勾栏一角的兰花，历经春秋冬夏，依旧给我们最长情的陪伴。

收起遐思，放下碗筷。我仿佛又看到总是早起的外公站在花盆边修修剪剪，又扭过头来对我一笑。我想抓住他的衣袂，却只看到一朵晨风中摇曳的兰花。

(闫萱宁　12岁)

扶贫下乡

暑假作业终于写完了,我长长地吁一口气,为多天来坚持不懈的学习,在心里对自己说一声"辛苦了"!

可是我知道妈妈不会因为我完成了作业而同意我停止学习,她一定会要求我对相关功课再做些什么。所以,我一大早就和爸爸商量好和他一起去村里扶贫。

天很热,我本就是为了逃避学习而来,只想着爸爸工作时,我在车上等着就好了,所以拿了小说和手机。从家到那里的路很远,路旁高大的行道树挡住了炽热的阳光,将斑驳的光影投进车里。我一心想着下午怎样才能不被妈妈拉回家学习,也没太注意外面景色的变化。

直到车开始剧烈地起伏晃动,我才注意到地面不知何时由柏油马路变成了坑坑洼洼的土路。周围也不再有高大的树木,而是一座座并排的简陋小屋,路也变得狭窄无比。很多人在门前坐着,像是在树荫下乘凉,让我误以为这里的气温较我家更低。可我一打开车窗,热浪就滚滚扑面而来,所以爸爸去贫困户家走访时我没有下车。

但是走访到最后一家时,爸爸把我从车上给拉了下来。我只好顶着火球一般的大太阳随他去了。这一片的房子相比于前面看到的更加简陋,没有一丝装饰,就连墙体也是什么都不粉刷,每一块砖头都裸露在外面。

我们走访的人家是一个有一儿一女的四口之家。还没进门,就看到女主人正赶着一群羊往外走,她说话和走路的样子和正常人都不太一样,应该是智力有问题。进门,看到一个瘦小的女孩儿坐在自制的一个劣质轮椅里,她是个脑瘫患儿,身高不足一米五,却已经十五岁了,她是这家的姐姐。家里还有一个弟弟,比她小一岁,长得很健壮,朝我们友好地笑着。那笑意里没有我想象中的愁苦,也没有因住所简陋而生出的自卑。爸爸把带来的两本书都给了上一家的孩子,我只好把自己还未看完的新书给了他,他很感激,用两只手把书接住,笑得开心极了。

他们家的院子小小的,院子的中央有一棵茂盛的梨树,长得比房子还高,碧绿的枝叶下梨子结得很稠密,梨树是那么耀眼,那么富有生机,让整个小院顿时有了美丽的风情。男孩的爸爸摘下几个梨让我们拿着,爸爸直接在他们家里洗了一个递给我。我尝了一口,不甜,也不脆,那梨并未完全长成,可那是他们一份诚恳的心意，我笑着对那个叔叔说："好吃！"

爸爸和叔叔就在树下说话，他们聊了很多，不知不觉已到中午。我们婉拒了他们家的诚心挽留，开始回家。

山村渐远，我的眼前还不时晃动着那个男孩阳光般的笑脸，还有那小院里在风中微微颤动的美丽的梨树。真心希望那个男孩学业顺利，真心希望那棵梨树年年旺盛，也真心希望有机会能再去看望他们。

当我写下这些，眼光扫过书桌上高高的书摞，忽然感觉它们不再像以前那样让我感到沉重，而是多了一份亲切。知识改变命运，学有所成，不仅是为自己、为父母，更有一份对社会的责任。

（闫萱宁　13岁）

打开心扉

不知从何时起,我和妈妈的交谈仿佛有了禁区,双方都小心地回避着什么,再不似从前样亲密无间,为此我的心中有淡淡的苦涩,也有许多委屈和无奈。

初中的学习生活与小学阶段完全不一样。各门功课的内容和学习方法都是全新的,许多知识点的理解和运用总也搞不透彻,周测月考不断,仿佛身处一个巨大的旋涡,时时担心自己稍不留神就会被吞没。这种情况说给妈妈听,只能徒增她的担心,又有何意义呢。

这个周末和表姐一起散步。她刚通过司法考试,数月不见,见习律师表姐更显意气风发。一见面,她就像个大人一样不停地夸我,什么才思敏捷啊,思辨力强啊,视野开阔啊,让我近一段时间以来备受打击的自信恢复不少。

散步后表姐走了,留下我和妈妈,相比刚才的谈笑风生,竟出现一时相对无言的尴尬。

我们来到了妈妈的办公室,这里留下了我许多美好的回忆。小时候许多次在这里逗留，写作业自不必说，有时趁妈妈不注意还爬到宽大的办公桌上跳过舞，那时候是多么无忧无虑呀！妈妈还会为我准备吃的喝的，她用温水将蜂蜜和椰子粉冲泡成的饮料香甜而又温暖，我喝了好多次。离开家才知道，在妈妈身边的日子是多么轻松多么幸福呀！对比初中以来教室里激烈的竞争气氛，内心竟生出许多沧桑之感。

不知怎么就聊到了学习上，那份厌烦和无奈竟让我有些控制不住，我说："你别给我说学习，我讨厌学习。"我的话一出口，妈妈很惊讶，以至于一下子接不上。然后她说："那咋办，混日子？"我说："对，就是混日子。"仿佛横下心肠，一种不计后果的畅快慢慢滋生，她再一次睁大了眼睛。我说："凭啥别人轻轻松松，就能考第一名，考前几名，我那么努力，早起晚睡，认真做好每项作业，却总是考得不理想？凭什么！我就是不想学习。"回想自己做的种种努力，成绩却总是不尽人意，我竟哭了起来。

妈妈从刚才的震惊转为平静，轻轻把我抱在怀里，拍着我的脊背。她那样温和，我终于忍耐不住，仿佛大河决堤，涕泗滂沱地哭起来，也不知哭了多长时间，餐巾纸一张一张地抽，一会儿却不见了纸盒，我说："都欺负我，连餐巾纸也欺负我。"说得自己都想笑，妈妈自然也笑了，说我草木皆兵。

哭了许久，竟不想哭了，心中有畅快的感觉。妈妈建议我搜索个迪士尼动画看看，我找到了芭比系列的《钻石城堡》，真好看，思绪进入了美丽的童话世界。

这一次，我选择了面对亲人打开心扉，消除了一段时间以来和妈妈的隔膜，回头再看学习，无非是学习方法的问题，也不是什么洪水猛兽，我自信并坚信，假以时日，我一定会有变化！表姐能考过天下第一难的司考，我见证过她的专注和坚持，她能，我自然也能！

(闫萱宁　13岁)

我的同桌殷先生

想起我的同桌，就想起他的许多独特之处。

他身材瘦削，但走起路来脚步踏实，透着一股稳重和自信；他声音不高，却习惯对要点拖长了发音，显得抑扬顿挫；他眼神明亮，有时候向他请教，他看上一两眼，总是能很快找到解决方案。

他的数学成绩一直很好，语文和英语稍微弱一些，我俩的情况基本上互补。老师把我们调成同桌，大概也有让我们取长补短的意思吧。

那天大课间，他一本正经地说："把你的本子拿出来一个。"我不知道他要干什么，就不太配合，他先是一本正经的样子，看不管用又用央求的语气说："拿出来一个嘛。"我顺手从书桌里拿出一个本儿递给他，他在封面写上了"每天作业本"五个字，说："以后每天我给你出两道题，你认真做，不会了可以问我，这样你的数学成绩就提高得很快了。"我心里很感激，但是也有点将信将疑，可事实证明我是多虑了。

从那天起这个君子协定我就一直履行着。他出的题有的还挺难，我需要认真对待，有时候不会了，还要请他给我讲讲，这样两星期下来，我的周测验成绩真的提高了不少。后来才知道，小学阶段他曾经得过他当时所在城市的数学竞赛冠军呢。自然啦，现在班里大考小考，他的数学成绩也一直是很好的。

他最经典的一个动作，是在你向他请教数学难题时，他总是先把眉毛一扬，拖着长音说："太简单了！"那气势仿佛是丢向这个难题的原子弹，没有了思想的禁锢，多难的题他总能迎刃而解。这应该就是在战略上藐视敌人、在战术上重视敌人的实际运用吧！

对待语文和英语的认真劲儿，他也堪称我的榜样。他知道自己这两科比较弱，就特别用心，笔记做得详尽又仔细，还虚心向我请教不懂的地方。有时候请我给他听写单词，有时候请我监督他背诵语文或英语的课文。人家在数学上那么用心地帮助我，我自然也乐意施以援手。

我有时候沉不住气，学习任务没有完成就坐不住了；有时候遇到难题还没弄会便想妥协了，这时他会用明亮的大眼睛看着我，那眼神仿佛有穿透力，让我看到我的怯懦，从而重新修正自己的学习态度。

很感谢班主任，给我安排了这么一个同桌，言教，身教，堪称我的老师，所以在这里，我要郑重地说一句，殷鹏飞同学虽然是我的同桌之一，却也是独一无二的殷先生。

(闫萱宁 13岁)

触动心灵的风景

那日,清风飒飒,小雨飘飘。我一人漫步在宿舍楼后的小路上,消磨些吃饭后的闲暇时光。雨滴星星点点,并不拦我的脚步。

我蹲下身来,轻抚路边的小花,它不华丽,也没有沁人的芬芳,却有着太阳般灿烂的金色花朵。每当雨滴打在它身上,它就弯下腰,雨滴滑落,就又直起身子,在午后的静谧里,我无声地看着它弯腰又挺直,一次又一次。

忽然想起那个故事,坚挺的大树看不上柔弱的小草,鄙视她总是那么渺小。一场暴风雨,大树被拦腰折断,小草也匍匐在泥泞里。可是风雨过后,小草很快又直起身,继续承迎着阳光雨露,大树却无法再恢复到原来的状态。比起大树的宁折不弯,我更欣赏小草柔韧的生命力。

细雨拉开我的思绪,想起雨打芭蕉,风雨潇潇,而雨后的芭蕉更油亮碧绿,抽枝吐芽;想起彩蝶脱茧,身体难以挣脱时最为煎熬，破茧而出，蝶却有百般娇丽，翩跹花丛枝叶间。芭蕉经雨，雨中渴望太阳如花般笑靥；蝴蝶破茧，茧中期待日光斑驳和馥郁的花香。遇到困难，总要去面对，而不是想着逃避。

再一次看着小花草在雨中一次次弯下身躯低下头颅，不觉间雨渐渐停了。我站起身，扬起头，眯着眼看那似蒙了层轻纱般的太阳，忽然感觉自己就是那朵被凝视的小花。

没有不经风雨的生命，我当然也不例外。风雨有何畏，失利有何惧？豪情在胸，我伸开双臂，仿佛展开翅膀，飞向彩虹出现的地方。

（闫萱宁　14 岁）

如果我是你

盛夏的溽热渐渐褪去，蝉的歌声斑驳了又一季。听着渐渐弱下的聒噪，我想：若我是一只蝉，一只普通的蝉，我是否也会不遗余力地在烈日下长鸣，是否也会接受那独特的一生呢？

蝉，如果我是你，我能否忍受那长达十几年的黑暗？那黑暗中可有太多的寂寞、太多的忍耐，也或许有日日增长的希望？

你在等待的岁月里成长，期待着破土而出时一阅这世界的神奇。你向往太阳如花般笑颜，你期待万花馥郁的芬芳，你渴望大树纷繁的茂密……所以你汲取着营养，充实着自己，将等待的每一天过成诗过成歌。

如果我是你，我也会感恩上天赐予的这段时光，安享生命的神奇与多变，朝着自己想要的生活一天天做着准备，在静谧里，完善着自己。

蝉，如果我是你，我是否会如你般勇敢，忍受撕裂的痛楚，蜕下成为拘束的外壳？

我想我会的。生命本是一场不可多得的旅程，让它尽可能他丰富而多彩，才是智者之选，为此哪怕忍受磨难，也是宝贵的经历。撕裂是痛楚的，但它会让你迎来一个全新的自我。如果我是你，我也会坦然接受这一场蜕变。

蝉，如果我是你，我是否会不知疲劳地高歌一夏？

我想我会的，因为当你第一次见到那金色的阳光，见到不同于地下的色彩缤纷的世界，你一定会感叹生命的美好与自然的奇妙。所以你用你的歌声来礼赞生命，来歌颂伟大的自然。如果我是你，我会以上天赋予的智慧与力量，酣畅淋漓地唱出属于自己最美妙的歌声。

蝉，你用独特又多彩的一生，告诉我生命最有意义的进程。

（闫萱宁　14岁）

历　练

"上课的铃声在我背后响起来了，像一条鞭子，抽我的双腿……"初识作家毕淑敏，是她这篇小短文《悠长的铃声》，巧妙的悬念与真挚的情感，让文章变得情感飞扬，一下子就吸引了我。

依我的要求，妈妈为我买了一套毕淑敏老师的文集，我如饥似渴地阅读，终于对她的文采与经历有了一些了解。她17岁参军，在环境艰苦的西藏阿里地区卫国戍边11年，从卫生员、助理军医，做到军医。28岁时转业回到北京继续做医生，39岁攻读下文学硕士学位，后来又获得心理学硕士学位，发表作品200余万字。

毕淑敏老师的作品有小说、散文、传记等，35岁发表处女作《昆仑殇》，后一直笔耕不辍，获奖30多次，作品广受读者喜爱，在国内国外都有很大影响力。

毕淑敏老师有丰富的阅历，我看她写的《西藏，面冰十年》，被其中的许多情节感动，比如她和战友夜晚野营，帐篷就扎在千年不化的坚冰上，睡之前和战友谈星星看月亮，说到妈妈，两人都不说话了，停顿很长时间，又都主动说起别的话题。这些细节让我特别感动，那时候她们都是多么想家啊，可家在千里之外，隔着千山万水。只能将思念收藏，用别的话题转移，调整自己的内心，履行着当下军人的使命。这，不就是心灵的历练吗？还有她多年的从医经历，遇到过许多人许多事，这些经历都是丰富的人生素材，为她打开了绚丽多彩的世界。她天生聪慧，又有后天的勤奋和一颗求知若渴的心，这些促使她一直在不断地进步。

  人生中会经历许多磨炼，每次历练就如同生命里一级一级的阶梯，只有充满信心地克服困难，超越自我，才能完成一次次蜕变，才能登上人生的新高度。正如作家毕淑敏一样，从《悠长的铃声》到《西藏，面冰十年》，再到《带上灵魂去旅行》，我能感受到她的文字以及带给人们的感觉都在不断变化，因为她在每个阶段都有不同的思考与感悟。

  毕淑敏老师为我们树立了成功的榜样，我们正值青春年少，有着无限的希望，一切才刚刚开始。人常说年轻时吃的苦不算苦，那么就让我们以毕淑敏老师为榜样，勇敢接受一次又一次的挑战，勇敢面对学习生活上的一个个困难，以乐观和不屈不挠的精神克服困难，从而走上一级高于一级的人生台阶，充分体验多姿多彩的世界，只有这样，我们才能不枉此生。

（闫萱宁　15岁）

仰望星空

  作家史铁生的祖母曾对他说，地上死去一个人，天上就会多一颗星，因为他要给地上的亲人一分光明。

  在我六岁时外公离我而去，幼小的我第一次体会到生命的脆弱，第一次感受到亲人离去的痛苦，第一次意识到时间的匆匆……我很难接受这种天人永隔的残忍，不愿去面对这个事实。妈妈告诉我："其实外公一直都在，只是换了一种方式陪伴我们，他去天上做了神仙，在那里看着你，在那里给你祝福。"

  我仰望星空，试着用星星勾勒出外公的轮廓。曾经我骑在他肩头哈哈大笑的场景又重现在脑海；曾经他用自行车载我上学，单车清脆的铃声仿佛还回响在耳畔；曾经他许多次给我做饭菜，那熟悉的味道依然在舌尖荡漾……或许他是真的离我而去，但我仰望星空时，还会有那一份份美好的回忆。

  幼时，抬头仰望，任性地伸手，想要去摘那灿烂的星辰，那是属于童年的无知亦无惧；上学了，再次仰首，会默念"小时不识月，呼作白玉盘"，那是属于童蒙初启的欣喜与好奇；曾经的我，在教室的琅琅书声里吟诵着"举头望明月，低头思故乡"，在"人生得意须尽欢，莫使金樽空对月"的豪情里畅想人生，也曾在仰望星空时高呼"俱怀逸兴壮思飞，欲上青天揽明月"；更有一个人安安静静，捧一卷书，品一杯香茗，仰望星空时会想起那句婉约的"却下水晶帘，玲珑望秋月"……

星空，璀璨斑斓，高远而神秘。

茨威格的《人类群星闪耀时》，记述了十二个核心人物，十二次人类命运攸关的心跳，他们就像一颗颗璀璨的星星，在历史的长河中闪耀着光芒，让我肃然起敬。

仰望星空，我想起遥远的上古时代炎黄两帝的神话是那样神秘；秦皇汉武唐宗宋祖是何等威武，伟大领袖毛主席建立新中国是怎样开天辟地的壮举……他们更是天空中耀眼的星，我仰望着他们，带着感恩与敬畏的心。

仰望星空，我看到亲人亲切的脸庞，受到来自他们的鼓励；仰望星空，我漫游在历史的长河，感受沧桑巨变；仰望星空，我遥想自己的人生历程，体会时光的荏苒，白云苍狗的变幻。

夜空是那样深邃,引人遐想,启人深思,时钟在耳畔嘀嗒,我在想,我,将会是怎样一颗星?

(闫萱宁　15岁)

余　　味

　　百年的熟普再怎么醇厚，幼稚的孩童来饮不过苦水一盏。待物换星移，眼中有山河，胸中有丘壑，再细细品尝，方得浑厚之上的清润回甘。

　　转眼，我在离家百公里之外求学已然三年。一天在课本上看到"父爱如山"一词，忽然一阵酸涩，想起刚刚和父亲通话的场景。

　　"你的工作总是那么重要，说好今天来给我送的，怎么能这样？"电话这边的我语速很快，有些咄咄逼人。

　　"爸爸总也不能让那么多人都等着我吧，真的很急需吗？"他的语气依然平和，不紧不慢。

　　"我就是很需要那两本书，家到学校是挺远的，你要是不想来就直说嘛。"我的情绪越来越激动，说出的话更无遮拦。

　　电话那头沉默了一下，又响起了爸爸的声音："你明天早上跑步完去门岗室取吧！"我觉得自己获胜了，答应了一下就挂了电话。

慢慢走回教室，心情却愈加沉重。此刻已是晚自习时间，明天早上跑完操才六点多，他怎么给我送呢？这么远的路。心中愈发不安，却又碍于可怜的自尊，不愿再打电话给他。

次日早上，走向学校门口的脚步沉重而又忐忑。门卫师傅说："姑娘，你爸可真疼你，大晚上两三点还给你送书。"我心头一惊，忙问："那人长什么样啊？"师傅说："个子高高的，穿了一身西装，他来得很晚，我印象很深呢。"那是爸爸。我抱着书跑回班里，尽量不让在眼眶里打转的泪水溢出。可是早读时，翻开课本，"父爱如山"四个字再次映入眼帘，我的泪水终于决堤。

小时候觉得父爱如山是个再老土不过的词，觉得只不过是说父亲对孩子的爱深沉一点而已。甚至还因为爸爸总是工作太忙，没时间陪我，我还一本正经地、当着他的面对这四个字批判了一番，当时父亲爽朗地笑着，算是对我大胆发声的鼓励或褒奖吗？

少小离家的我，有过思念，有过孤单。父亲总是无条件包容我，给我最坚实的依靠，给我最深的温暖，还有绵绵悠长的感动。当我重新回味那四个字，我多了份愧疚，多了份不安。

父爱如山，年幼的我初尝自以为是，曾将它全盘否定，只希望当我品到它那醇香的余味时，不算太晚。

(闫萱宁　15岁)

素月海棠

"终南何有？有纪有堂"，3 000 年的《诗经》，隔着悠长的岁月，引我无限遐思，我愿意把这首《终南》提及的棠认为是海棠，遥想它在青山之侧绿水之畔，在春分时的处处烂漫里，在季末留下的点点余香里，它比梨花多几分温情，比芍药添一分淡雅，微风吹过，一树花雨装饰了青石板的桥梁……是《诗经》启迪了我的想象，让我对海棠有如此的设想。

星夜，外婆家的屋檐藏了半圆月亮。妈妈拍拍我的背，指向院子里一棵寂寞的树说："它就是你心心念念的海棠。"顺着妈妈手指的方向，我看到那棵开花的树，它不高却挺拔，它不壮却绰约，最奇那丝丝缕缕的芬芳，分明从《诗经》而来，我的目光再也离不开，这棵思念了 3 000 年的海棠。

素月不知何时升起，月光仿佛有神奇的力量，因为月下的海棠更加动人，那芳香更加悠长。

几年后，在崭新的中学校园，在从教室到宿舍长长的路上，我惊奇地发现一棵故人一般的海棠。每天我从它的身边来去，肩上不仅有书包还有风，风里有晨曦和月光。它俏丽的身影碧绿的叶子都在我的眼里心里，只是我很少驻足，我祝愿它好，但是我心里有自己的方向。

那夜，像往常一样我跑着来去，熟悉的清香却挽留了我，我看到它一树繁花，还有月光里树下的点点落英。心仿佛被针刺了一下——这个春天它已无声地怒放，而且已在徐徐地凋落，我轻轻地抚摸一下它的枝叶，复又向前跑去，感受到身旁芳香渐淡，身后月光渐凉。

日复一日，海棠在那里，清晨看我从昏暗中把天跑亮，深夜看我披星戴月倦倦而归。

我与海棠，再也没有不顾他人侧目的夸张表达，只是我知道它在，它一直在看着我，我们无声地对望，无声祝福对方。

今夜，素月添了昏黄，海棠又开得绚丽……

（闫萱宁　16岁）

陪伴，长情的告白

天　书

　　打算在阴雨初晴的午后，带孩子去附近的山上晒晒太阳，却因为她作业多去晚了。幸好任何时候的小山，都是个美丽的去处，在无阴也无晴的下午，绿的松柏散发着淡淡清香，冬眠的石榴桃李沉睡在温柔的梦乡，路边林间的小草正一点点泛绿，透露出一些早春的迹象。不远处有三五行人，让你不至于感到空旷寂寞，又给你足够的自由空间，任你放眼瞭望，任你思绪飞扬。

　　孩子是乖巧而又贴心的，我俩勾肩搭背，随意聊着唱着，没太觉得自己是个长辈。清风拂面，鸟鸣婉转，心神自由而放松。峰回路转，目光掠过树梢转向山下那远远的楼群与车流，忽然就有了一份入世的压力。孩子的小肩膀在我搂抱中将我的胳膊一次次向上顶起。她正一点点长大，生活不易，这副肩膀，可能担当得起考验与磨难？

　　回想自己成长的经历，走过许多弯路，真心希望孩子能走得顺畅一些、轻松一些，于是不经意间就说出了以下这些话。

妞妞啊，以后不管你在哪里，不管和谁相处，你可以尊重别人、真心爱别人，但都不要迷失自己，你才是你自己的终极依靠。不管别人是爱你恨你或无视你，这些都不足以影响你的心情。走得正欢的孩子，不在意地说："你说的是天书，我听不懂。"

是呵，才多大的孩子，真的是听不懂。可我不甘心。

妞妞，生活在干净整洁的环境，是不是很愉快？那就要慢慢学会整理房间。把所有的东西归置到合理的位置，房间会变得整齐；轻轻抹去台面上的灰尘，你会赏心悦目；整理中常常还有意外的发现，会带给你惊喜；置身于窗明几净的环境，你会舒适轻松，你的心也会在其间慢慢平静下来。久而久之，你将成为一个有条理的人、一个沉稳的人。

学一些简单的针线，会钉个扣子、缝个小洞就行，不至于一点小小的瑕疵就搁置了一件衣服。更重要的是，在穿针引线之间，你会聚精会神，你的心情能平静下来，你的劳动成果会让你有小小的成就感，别小看这些，它们足以带给你满满的好心情呢。而且，勤于动手，有利于使你成为一个积极的人、一个缜密的人、一个平静而愉快的人。举一反三，与人相处的种种，同样也少不了穿针引线，少不了及时地做一些弥补，"小洞不补，大洞难捂"的道理同样适用。所有的看似不能解决的困难、不能调和的矛盾，都是积少成多、积重难返的结果。

学会和时间做朋友。时间看不见摸不着，但它却是客观存在的。世事万物无不与时间相伴。就你而言，与时间交朋友，就是干任何事都要有时间观念，相信让时间伴随你、见证你，会让你心想事成，一切更加美好。当你疲倦时，不必太烦躁，放下一切休息一会儿，时间会把充沛的精力悄悄带给你。当你伤心时，不必太难过，时间会带走不快，陪伴你到达快乐的彼岸……

学会和书本做朋友，让它伴你一生，你将永远不孤独、不迷失；学会和日记做朋友，让它珍藏你的故事，理清你的思绪，多与它相伴，你的心会一贯的平静而澄澈。

天书者，难认的文字或难懂的文章。纵然人的一生一路前行，未知的命运如一本天书，作为妈妈，我有义务尽自己所能给孩子做粗浅的解读。我的解读，挂一漏万，却来自心底。

你可能现在不懂，也不想懂，但是未来的哪一天你不经意看到，也许会有重逢的感觉，你也会知道，妈妈爱你的眼神，一直都在，直到永远。

有感滨河路

一条河，贯穿一个城市的东西。一条路，依河而修，度城市里的芸芸众生。因为它有些偏僻，红绿灯少，成了我走得较多的一条路。

尤其今年孩子小升初，在市中心报了个培训班，需时常从高新区去培训机构，经多次对比，这条路最便捷、通达。于是在两个多月的时间里，我们经常在这条路上来去。

时间充足的时候，她在车上听英语 CD 或读语文课文，有时候我会问问她学习的进度和感受。有时候起床晚了，我猛踩油门赶路，她则坐在旁边，一边听我教训一边端着碗吃饭。车上，是家的延续。朝阳夕阳，街树花草，见证了我们温馨的相守。

有些东西浑然天成。妞妞是个有上进心的孩子，为了补强数学，每天一课。课后作业越来越多，孩子却学得相对轻松，我日日观察她的反应，并及时与老师沟通，她的信心始终在不断增加。

一次次，看她静静地做题或背诵；一次次，分享她完成任务的喜悦，看她专注又自信的样子。有一次，我边开车边对她说："你真的长大了，我都想依赖你了。"她听后，抬起头豪气地说："那就让我带你飞。"说完，我俩都哈哈大笑起来。

　　紧张的学习之余，轻松也是有的。从滨河路到玻璃厂南路，一路的美食也都悉数尝过，铁板烧、百岁鱼、鲜奶吧、鸡蛋饼，还有实惠得不行的肉夹馍。

　　那个夕阳西下的傍晚，我们步行在滨河路旁边的洛浦，河岸像展开的画卷，只见杨柳婀娜，石榴花开得火红，水面明亮而开阔，反射着夕阳金色的光芒。孩子忽然说特别想念那个转学的同学，情绪随之低落。我揽着她小小的肩膀，说一些宽慰的话，希望能缓解她考试渐近的压力。

　　6月28日，一天两场考试，在两个不同的城市。成绩检验了实力，也印证了功夫在平时的格言。

　　孩子就要信心满满地开始中学生活了，从此不会再与我天天在一起。我会因此轻松许多，自由许多，在开车的时候不用再陪她听英语，可以听自己喜欢的音乐，也可以静静的什么也不听，让心情自由徜徉。

　　比如今夜的滨河路，我一人开车驶过，心中宁静而坦然，却也有一些惆怅在蔓延。

初二年级的一天

一

上午送她上学,返回后正做家务,电话响了,她说不舒服,化学课上不下去了,自己先去自习室休息一会儿。

心里一阵紧张,想到上学路上她精神就不太好,今天又是入伏的第一天,天气炎热,功课繁重,看来是有点吃不消了。

快速考虑了一下,决定去看看她。将毛巾打湿了放在冰箱冷冻室,把晾好的开水装进瓶子,水果切块放入餐盒,又拿了一盒风油精,此刻冰箱里的毛巾已经冰凉发硬,将这些东西都装好,换鞋,出门,奔她而去。

教室外头有几个学生或站或坐,蒸腾的暑热与紧张的学习气氛交织。

自习室里只有她一个人,让我意外的是,她正专注地伏案写着什么。我来到她身边,她就抱住了我。我将毛巾拿出，先在她鼻尖处蹭一下，让她感受一下温度。她双手接了去，将整个脸蒙在毛巾里，久久才抬起头来，有了一点笑颜。一边让她喝水，一边拿风油精要往她鼻孔处涂抹，她躲闪着，示意我抹到太阳穴处。我还是往她鼻孔处涂了一些，并要求她深呼吸，将清凉和芳香深深地吸进去，这大概叫作通痹或开窍吧。一边对她说无论哪种不舒服，喝点水总是没错的。其间，她已拿出水果打开吃了起来，脸色和精神也都慢慢好了一些。接下来的物理课应该没问题了。

她说没想到我会来。我说："离得远了，你自己照顾自己，现在离得近，也就过来了。"她幸福而满足地笑笑，大口吃着水果，看看到时间了，站起来说："妈，我去上课了。"将书包背在肩上，走了。

我一个人坐在自习室里，让刚才忙乱的心静一静，让满身的汗落一落，20分钟过去了，她应该进入学习状态了吧。于是起身回家，看时间还来得及，决定午饭还是在家做吧。

二

艳阳下，城市的主干道车水马龙。回想着刚才发生的事情，妈妈的到来让她惊喜，妈妈的关怀和照料让她内心得到安慰和满足，于是那些不舒服渐渐销声匿迹，一切都恢复了正常。在母亲期待的目光里，她像一个小斗士一样，重新走进了战场。

　　妈妈的关心，对孩子是多么必需。想起许多年前，刚刚成家的自己，生活经验不足，不知怎么就得了急性阑尾炎，一夜的疼痛折磨，第二天去医院做了手术。虽说是小手术，我内心也足够震惊害怕，身体上也足够痛苦。术后一段时间内不让喝水，母亲用棉棒蘸了开水给我擦嘴唇，干渴的感觉竟然立即缓解了许多，浑身似乎也没有那么难受了。等到可以吃饭了，却没有任何胃口，母亲来了，她打开饭盒给我盛了一碗面片儿，那雪白的、不宽不窄、不软不硬、不稀也不稠的甜面片儿，正是我想吃的呀！母亲怎么就知道我想吃这个呢？母亲一口一口地喂，我一口一口地吃，当时的我是多么幸福和满足。

　　看来，母爱是一种神奇的东西。

三

　　东北菜"地三鲜"，孩子念叨了许久。今天准备满足她。

　　将茄子切成滚刀块儿，装盆、撒盐，柿椒、洋葱、番茄，切片儿装盘备用。油锅放足量的油，茄子放少许盐腌制十分钟，有小小的水珠渗出，撒淀粉将茄子裹起来，油已九成热，放茄子入油锅，炸到金黄捞出，倒去多余的油，将柿椒和洋葱下锅煸炒，两分钟后放番茄，用铲子搅两下，把炸好的茄子放进去，加生抽，南德调料搅拌几下加一点水，盖锅盖焖煮一会儿菜就成了。这时米饭也好了。将菜和米分别盛出晾凉，装进饭盒，就已经到了接她的时间。依然是换鞋，出门，启动车辆，奔她而去。

像以前那样，她一上车就端起了饭盒，打开就惊呼了起来，尝一口，那声调就更高了："哦，太好吃了，要起飞了。"

我问她为什么是要起飞了。她说太好吃了，那高兴的心情，就像飞机要起飞了一样。

一路上她吃一口赞一句，间或说些学校的趣事，那语气那神态，是乖巧的、满足的、小鸟依人的。我不说话，心中却是满满的幸福。

四

下午停课，她在家写作业。

重要的事情先做。物理一本厚厚的练习册有200多页。她主动先做，竟一口气写了80多页，我感到意外和惊喜，由衷地称赞她真正做到了"不仅坐得住，而且学得进"。

傍晚我们走出家门散步，聊学习，聊将来，聊同学间的相处。话题稠密得就像身边小河里的涟漪，一圈连着一圈，也像岸边的垂柳，如丝如缕，在微风里密密地排列着。

最复杂的还是人与人的相处。被父母捧在掌心、放在心尖上的她，在离家求学的日子里，学着与老师、同学友好相处，总有说不完的趣事与困惑。

有人说每个人总是受自己性格的保护，你简单，生活对你也简单。我想简单也没什么不好，无非爱人爱己、爱己爱人，我把这些说给她，也不知她有多少同感，因为成长，不仅需要说教，更需要时间和经历。

能来到她身边，与她朝夕相处，为她洗衣做饭，与她探讨问题，这本身就是一种多么大的幸福啊！

两 个 西 瓜

上午，艳阳高照。

出小区，过马路，穿过葱茏的绿化带，静静的小河就呈现在眼前。水面如镜，偶尔有一点儿动静，荡起层层涟漪，河岸上，绿柳的倒影就跟着晃动起来。春天里如霞般绽放的海棠花退了，满树的碧叶在微风中轻轻摇曳。紫薇开得正好，将花枝伸向天空。树下的花草被纵横的小路分成一个又一个单元，开着不同颜色和形状的小花朵，纤细娇小，却也是各有各的韵致。总是在与自然的相处中，心情渐渐活泼起来。正准备回家，目光却被那一车西瓜吸引了过去。

马路边，停靠着一辆大大的农用汽车，车厢后门已打开。可以看见上面装得满满的西瓜，西瓜的最上一层却铺着棉被。一个四五十岁的中年男子站在车下与正在挑瓜的几位女士聊着。他个子不太高，理个平头，白背心外面的半截袖敞开着。汗水不断从他黝黑的脸上流下，他不停地用毛巾擦汗，然后又用毛巾往脸上扇着风。有个20岁左右的小伙子，戴着眼镜，一会儿帮助顾客从车里挑瓜，一会儿过秤收钱，很投入的样子。汽车旁边人行道上铺了一张苇席，有个十岁左右的小男孩，从席子上爬起来，拿来塑料袋帮着给顾客装西瓜，他瘦小的身材和一本正经的样子，让我的心为之一动。

我问那中年人："孩子放暑假了？"他说："是哩，这就算是带他旅游了。"又问这是哪儿的瓜，他说是开封的，听他的口音也像是开封口音，我不再说什么。

有两位买瓜的女士问："这瓜是沙瓤吗？"这男的说："沙瓤沙瓤，瓜皮翠绿的是水沙，瓜皮带黄的是干沙。"我想象着他说的瓜的不同的滋味，也想象着他们如何把瓜从开封运来，是走了夜路还是起了五更，车顶的被子、路边的席子代表着他们曾经风餐露宿，于是想了种瓜的各种辛苦。我说那你帮我挑一个干沙的，再挑一个水沙的。刚才那个小伙子就爽利地挑了两个，过秤付钱，那个小男孩撑着塑料袋让哥哥把瓜放进去交给我。

我一手提一个西瓜往家走。瓜挺重的，随着我的移动，它们各自在塑料袋里一弹一弹，幸亏这塑料袋足够结实。一路想着瓜农的两个孩子，他们都专注地照看着生意，大的挑瓜过秤，懂事得体而周到。那个小的，也是积极主动、认认真真的样子。

他们的夜晚一定没有在空调房里,但是深夜的风同样会让他们感受到清凉;也许他们还看到了星星,生起许多美好的联想;父辈的劳作为他们树立了自强的榜样,他们比许多孩子更早更多地接触了生活,体验了生活的不容易,真心希望这些经历能给他们多一些启示和开悟,让他们今后的人生可以因此走得更加平顺。

我本来不必一次买两个这么大的西瓜,对于挑瓜,我也是有点经验的,但是今天,我没有动手。总是消暑解渴的,甜与不甜,口感好与不好都不是什么大事。

我希望他们早早卖完,可以早点回家休息。也许省出来的时间,两个孩子可以看看书,写写作业。

回到家,我切开其中一个西瓜,瓜是甜的,瓜心有一小部分起沙,大部分地方水水的,还好吧。切一些装在餐盒里,上暑假班的孩子要放学了,我去接她,一上午四个小时的学习后,这红红的西瓜,一定会让她眼前一亮。

(初中记忆)

"月　二"

"月二"是她们学校的术语，意思是指一个学期的第二次月考，时间位于期中考试和期末考试的中间。

周日送她去学校，在熙熙攘攘的人流中，她说也许今晚成绩就出来了。这个成绩，说的就是"月二"的成绩，那语气和神情，有些期待，也有些忐忑。

次日早上6点半，电话响了，迷糊中感觉应该是她。果然，她的语气有些激动，她说语文、政治应该可以上优秀线，数学比上次考试提高了20分，化学也进步了，只是物理退步了12分，历史似乎也不太高。对于进步的科目她发自内心地高兴，对失利的科目则表现出深深的遗憾。她说名次还没有出来，因为英语的分数还没有出，还有就是，即使各科的分数都出了，有的同学还会去找老师改分数，这些都会影响名次……她匆匆挂断了电话，说有消息再打来。

昨晚睡得迟，头昏沉沉的，电话那端她的声音让我想到冬日早晨的清冷，在熹微的晨光里，她哈着热气和我通话，握着话筒的手想必也冻得发红了吧。我仿佛和她一起沐浴在寒凉里，神志一下子清醒了：物理、化学两科同桌比她高，其他科目两人各有优势，同桌排20名，她能排多少名？听她说的情况，估计这次和上次考试成绩持平，已经不能让她兴奋，却还要等待别的同学的分数。孩子最在意分数和名次，多一分少一分，进一名退一名，都会引起那一颗小小的心或兴奋或失落。比学赶超就是班级气氛的主流，身在其中，永远不能做到超然物外，现实就是这样僵硬而无奈，少年的心一次次在接受着磨砺。

想到此，我不禁长叹一口气。太阳已然升起，每天都有该做的事，在有意无意地顺应里，开始新一天的日出而作。

我只是牵挂她，等她"有消息再打来"。中午、傍晚、晚上10点，直到今天早晨，她却再也没有打来。我猜想名次肯定出来了，应该是不理想，是她不愿意再打电话。

在一次次等待里，我的心情也一点点下沉，最担心的不是那一分两分，而是她的感受，希望她开心，希望小小的进步为她高高扬起自信的风帆，而不是又一次失利对她信心的挑战与蹂躏，想到这些我感到心疼，是那种怜惜到疼痛的地步，是作为母亲才有的经历与感受。

在一个个等待变为失望的时刻，知道不好却不知道怎么不好的感觉，就像狂风将垃圾吹得满天飘飞，心情一片破败。

心疼她仿佛置身洪流，沉沉浮浮随波逐浪，期盼她气定神闲傲立潮头，只是那胜利的一刻那么迟，不知何时才到来。

考的是成绩，磨炼的是心志。再烦再难总有规律，只是她还没有迎来拨云见日的时刻。不要难过，歇歇再来！

成长的路从来曲折漫长。总有一天，她会理解妈妈等电话的心情。

（初中记忆）

悄 悄 话

这两天是一年中最冷的三九,阳光却极好,午后与同事们在单位附近的小河边转转,是件惬意的事。

前几天下雪,往河边的路有点泥泞,今天应该差不多干了,正兴致盎然准备前去,电话响了,是孩子打来的。

她先说了本周的语文考试和政治考试,成绩似乎都不错,接着话锋一转,说要和我聊聊。我的心一紧,表情平和地招呼大家先去,自己一个人来到位于单位北边的鉴园,这里花木错落,曲径蜿蜒,是个说话的好去处。

"妈,今天上午数学考试了,有几个题不会做,老师说了,下午再给出20分钟,让大家继续做。"

"那应该是题比较难。这不怕,因为我们还有时间把它做会,每一次考试掌握新的题型和解题的思路,我们会越来越强大。"

"重点学校不可能浪得虚名,总要见人之未见,为人之不能为，方显卓尔不群。"

虽然我心里替她遗憾，与她感同身受，但语气里只有豁达和自信，希望能传达给她一种力量。

"今天好朋友给我说有同学看不惯我。"

"崇尚成绩是你们学校的风气，这无可厚非。既然有人看不惯你，你是不是反思一下自己，做一些必要的调整。"

"一个人内心充盈，言行低调，能感知别人的接受能力，可是需要不断历练的。内心要存有这个念头，平时说话行事注意着点，就会好许多。这也是《道德经》里那句'知人者智，自知者明'的意思。"

"有句俗话说：来说是非者，便是是非人。对于别人的话，你要有辨别能力，说话的人本身是不是就不够客观，带着自己的情绪呢？从这个角度看，别人说什么，态度如何，也不必太在意，更不必影响自己的心情。不过你外婆常说一句话，'小洞不补，大洞难捂'，说的也是要及时调整自己言行的意思。"

"唉，下午还要考英语，我不跟你说了。"

她匆匆挂断了电话，留下我一个人在阳光里徘徊。

被排斥的感觉是很痛苦的。她的情况有这么严重吗？语文老师对她的评价是张扬而不张狂，每天乐呵呵的，充满阳光。我自己的感觉，这孩子也是非常随和得体的,孩子的懂事有时都让我感到心疼。这样的孩子,不至于被大家都误解吧。

也许因为对她牵挂的心思就像满弓的弦一样,一直都绷着,此刻在苦涩之下,我感到有些无能为力。想找一个人说说,却又无从谈起。

阳光依旧明亮,依旧温暖,在这寒冷的冬天是多么珍贵。然而今天,它却似乎照见了我内心的苍白。

愿孩子被世界温柔以待,应该是天下父母共同的心愿吧。

(初中记忆)

忧 思 如 缕

这个周末下雨了。

傍晚接她回家,家常饭菜,她欢快地一边吃着,一边看了一集《国宝档案》。这一期介绍了妇好鸮尊、贾湖骨笛和云纹铜禁,是河南博物院九大镇馆之宝的其中三件。看完这期节目,她立刻站起身,说回屋学习一个小时,然后洗澡睡觉。

看着她的背影,我为她能有效管理时间而感到欣慰,接着斜倚在沙发上不知不觉就睡着了。洗衣机的铃声把我叫醒,从初三开始,周六放学回来,衣服要在头天晚上洗出来,否则第二天可能就会干不了。睡眼惺忪中起身,把衣服一件一件拿出来挂好。又等了许久许久,她终于写完了作业后洗了澡,躺在床上,我把她搂在怀里。

我问本周有什么高兴的事吗?她说高兴的事天天有,我说都是什么,她说就是和同学们说说笑笑,却又说其实这些高兴并不是发自内心的真正的高兴,我说你心中真正的高兴是什么，她说，就是周测分考得多一点，难题能做出来，并且做得快一点。她还说："某某同学不知为什么特别不友好，有次我走在前面，她超过我，很快跑走了，也没打招呼。又一次，我一个人在教室，她进来后一摔门坐在自己的位子上，面无表情。还有这几天，她总找我的同桌问问题，坐在我的位子上，很认真的样子，让我有座位不能回……"我说，君子坦荡荡，小人长戚戚，只要你没有冒犯她，那么见面的时候完全可以给她一个友好的微笑，别的什么也不用考虑。

话是这么说，心里却特别心疼她。功课压力大，每天追随着各科飞快的进度，不敢有丝毫松懈。小小年纪，身心均在成长完善的过程之中，如何和自己相处、如何与别人相处也都在学习之中，对人对己不能特别恰当在所难免。她又是个敏感的孩子，内心里渴望温暖、渴望友情，却拙于沟通、拙于表达，失落和无助，内心里或多或少总是有的吧。成长，就是不断突破旧我，欢乐之余总是伴随着丝丝痛楚。成长，需要时间。作为家长，我们除了积极的心态和温暖的陪伴又能做点什么。怜惜之情让我睡意顿失，几欲失眠。

次日清晨，户外走走，雨后的花草树木，充满生机，喜鹊在树上喳喳叫着。我试着帮她分析昨天晚上说的同学的情绪，谁料她的表情立马晴转阴，她说："这些真的不能影响我内心什么，您尽管放心。"我又追问一句，她又一次给予肯定的答复，我也就不说什么了。到了下午返校的时候，她的表情又一次晴转阴，说不想上学。那无奈的眼神，那沉重的脚步，让今夜的我，又一次无法入眠。

（初中记忆）

不 如 释 然

又一个周三探视日。早上她打来电话，我告知她下午去看她，她自然高兴。想象着电话那端的她，走在清冷的晨光里，一边嚼着坚果走向教室，一边想着见到父母的高兴，早读会更加专注，更加高效。

下午紧紧张张把工作做完，终于在她下课前赶到学校门口。伴随着下课的铃声，顺着前来探视的家长汇成的人流，来到她所在的教学楼。

她却不在。教室里有不少空位，在座的孩子都在忙着自己的事，问了两个同学，都说不太注意她什么时间出去的。

于是去餐厅，在一楼她经常坐的座位上也没有她，又去教室，还是没有，在教室门口坐的那个男孩很有礼貌，只是也没注意到她是什么时间出去的。

初三的孩子，应该已经习惯了周三没有家长来探视这件事吧？正想着，她打来电话，说十分钟后到教室门口。远远地看见她和一个女孩儿从北边过来，前些天扭伤的那只脚走路还不太协调，我心里又一次焦虑上升，已经这么长时间没做锻炼，影响每天的学习状态吗？影响中考的体育成绩吗？

看到我，她加快了脚步。我们相拥着去餐厅，打开保温饭盒，给她盛带来的砂锅羊肉，她吃得很快，那么大块的肉嚼一两下就咽下了。我专注地看她吃饭，她有一搭没一搭说着话。餐厅里温暖舒适，墙上的电视正播着新闻，同学们有的和家长在一起，有的三三两两，有的一个人边吃边看。

饭后她建议去操场上走一圈儿再回教室。说一些家里的事情，她听得很高兴，我说："我们做了该做的事，就看你的了。"她却用平常的口气说："妈，咱能不能不说这个。"我没有再说什么。

把她送进教室，昏黄的天光衬托着紫灰的树影，寒气拂过面庞，不由得裹紧了衣服。当街上的灯光连成串、汇成河，当高速上的夜的景色迎面而来又唰唰退去，当汽车里音乐美妙得让人心动，当长长的静夜之后又一次看到明亮的阳光，我心里那一抹淡淡的惆怅依然挥之不去，它就那么委婉而又执拗地藏在心的角落。

一个人去附近的小山静静散步，山路上树影婆娑，微风的轻快更衬托了山的沉稳。透过树影，看到天那么蓝，云那么白，蓝天白云间有小鸟自由地飞翔，它们飞得太高了，变成了一个一个的黑点。我出神地看着它们，直看到脖子发酸，眼睛眯成了一条线。

在大自然里，一颗心渐渐活泼生动，峰回路转间，我忽然想到，为人父母，难道你能代替孩子承受生命中所有的痛苦，难道你能设定她一生的内容？太可笑了。她是独立的个体，自然有她完整的人生际遇，酸甜苦辣咸，都是她体验人生的权利和必由之路，你为什么总是心有千千结，总是有太多的牵挂？这样的情绪，对己对人，是不是有正面的意义呢？

能做的也许就是给她提供一个宽松的成长空间。所谓的"天高任鸟飞，海阔凭鱼跃"，给她关键时候的指点，以及在她需要时给她几个选择的方案……这道理我原是懂的啊，为什么又时时迷茫？

给孩子一片蓝天吧，让她经历她应该经历的一切，顺境与逆境，成功与失败，让她知道父母永远爱她，永远支持她就行了。她的脚步，尽可以放达而自信，这些就够了。

是的，与其惶惶然而无果，不如释然……

（初中记忆）

周末记事

时光汹涌,匆匆飞逝。心绪混沌,许多事转眼模糊。今天有心记个流水账,留作以后的纪念。

一

忽然发现自己喜欢做饭了。

本周末给妞妞做了红烧猪蹄、核桃虾仁、胡萝卜肉团,还有冰糖萝卜水。

红烧猪蹄其实很简单,清洗、焯水,加料炖一个多小时,晶莹红亮香甜浓郁的一道菜就做好了;核桃虾仁也不难,虾仁先清理后腌渍,热锅冷油炒至变色起锅,爆香青红椒和核桃仁儿,再把虾仁放进去翻炒两下就行了;至于胡萝卜肉团,需要头天晚上泡一些小米,将胡萝卜擦丝再切碎,加入姜末、瘦肉末、少许淀粉和自己喜欢的调料,一番搅拌让它们成为一体,再搓成一个个小圆球,在泡好的小米里滚一圈儿,上笼蒸 15 分钟就好了。外面的小米金黄清香，内里的胡萝卜肉末清香甘甜，真是色香味俱佳。

孩子吃得开心，满足发自我的心底，慰藉了一周以来我对她的长长的思念和牵挂。期待在下一周的学习中她的心里是满足的，精力是充沛的，脚步是稳健的。

二

越来越不能容忍家里的杂乱。

七点钟起床收拾，先换掉三个房间的床单、被罩，整理清洗，将多余的被子束之高阁，换上适合冬季的床品，这些其实是个大工程，需要体力的。

先将她的衣服从几个房间收拢到一起，按季节分类叠放，将夏季的一大摞高高举起，放在柜子最上层，将春秋季的放在中间一层，下面一层的柜子，左边是卫衣、外套等上衣，摞起来的足足两尺高，右边放裤子，冬天的裤子也有十来条。想象着她回来打开柜子门儿，最起码不会说自己没有衣服穿吧。

当每个房间都呈现出简洁清新，打开的窗帘透着天光，目光所到之处，舒适和温馨直达心底，愉悦滋养着机体的每一个细胞，这应该是对劳动最好的奖赏吧。

有人说家里的样子就是你生活的样子，家里整洁温馨，那么你的生活质量也差不了。我庆幸自己终于是个爱整洁的人了。

三

相别一周，终于要见面了。

学校门前车流如织，怕她久等，没有像往常一样把车停得远远的，而是开了过来，不免为停车位担心，所幸在人群中及时看到了个子高高的正四处张望的她。

孩子的目光是欣喜的，上车后捧起饭盒是幸福的。她一边吃，一边乖巧地说着学校的高兴事。朗诵比赛得了第三名，本周的家庭作业只剩英语一套卷子了，我一边听，一边用心开车，往银屏路左拐走莲花路似乎车太多，那就右拐走科学大道回家吧。

一路上我让她说说本周在学校的情况。她说语文作业改变过去边写边看答案的习惯，自己先独立完成再对答案，在对比中总结做题规律；英语这几周学了一个新知识点——虚拟语气，刚开始不懂，但是这周把它弄懂了；数学仍是学习立体几何，本周感觉不难，作业顺利且几乎全对；物理一边上课一边做习题，感觉效果更好点；政治、历史、地理感觉要背的知识点很多；化学和生物有点提不起劲头……

我肯定她独立思考完成作业的进步，建议她周末对每一科都拿出一张纸，列出知识点、题型和解题思路。关于化学和生物，建议她和班主任谈一次，了解高二学习安排，她一一应着，温顺乖巧得让人心疼。

四

周末散步是"保留节目"。傍晚我们还是去了郑大。她要买一些文具，我们需要锻炼，每周的聊天总是那么轻松愉悦。

我问她本周在学校开心吗，她说还行。说起看课外书的事，我说你自习课上看《穆斯林的葬礼》未免有些奢侈，自习课最好用来写作业或复习功课，课外书放在睡前或者饭后再看，何况这一本也不算特别经典。她让我推荐，我建议她每周看两回《红楼梦》，周末可以一起讨论学习。毕竟我已经听过了蒋勋的细说，现在正在听马瑞芳讲，我认为那是经典，值得一读再读。

雨雪下得有点紧，今晚她穿了我刚给她买的大衣，在我身边高出我许多。我说着《红楼梦》里的情节，她应和着，感觉她的理解和视角也挺有意思。

夜色阑珊，雨雪带来湿冷和催人回家的急促，我俩再无话，车放在东门外，而放眼望去东门还在远远的北边……

五

周末就这样过去了，回首看一眼，发现是有点忙碌，倒也内心充实。

传世的文章做不了，流水账还是能记一记的。平凡的生活，记的是真实与努力。

岁月如羽

一

寒露之后的日子，有明媚的阳光照耀着刚发芽的麦苗，七星瓢虫趴在干枯的草叶上一动不动，仿佛睡着了一般，静默的大杨树，黄叶越来越多，时不时飘落几片下来。

南窗下的办公桌前，温暖如春，玫瑰花在茶水里袅娜地氤氲着清新的香气。

清晨与傍晚的寒意，无声提醒着寒冬的脚步越来越近……

二

周末，薄暮，河面无波，倒映着两岸的灯火。杨柳堆烟，以紫色的温柔，包容着来来往往散步的人们。一周一次的周末散步，我与她手挽着手。近期她对流行歌曲特别敏感，远远近近飘来的乐声，她都会惊喜地捕捉到，并跟着唱起来。散步中，她同时戴着耳机听着音乐。说到重要处，我要求她摘下耳机，她也配合。说起本周的自主考试，我要求她每周要把作文写好，最好作文之外再写一篇。她总会认真地考虑，并作出负责任的表态。然后又一次戴上耳机，远远近近夜色渐浓，两人安静地走着。

三

下午3点，周日的学校门外，车位几乎占满。今天的行李除书包、衣箱之外多了件厚褥子。褥子本来用一块布包着，她嫌难看就直接抱上了车。停车走向校园，我特意拿了书包和衣箱，她用两手抱着褥子，几百米走下来，就显得有点吃力。我说："工欲善其事，必先利其器，可懂？这时候有那个包袱，你就会轻松许多了。"谁知她说："质胜文则野，文胜质则史，文质彬彬，然后君子！"她的应对让她惊喜。

在我看来，包袱虽然过于简朴，但用来搬运衣服、被褥却方便实用，可大可小可方可圆，简直大象无形，何况有一颗坦然的心，善待自己又理解别人，自然自得其乐。可她不同，因为阅历不同。我想起自己青涩年纪走过街道时，分明感觉整个世界都在注视着自己，估计此刻的她与当年的自己也差不多吧。

四

教学楼很高，她的教室在四楼。透过楼梯边的窗子，我能看到她正一步步爬着台阶向上。觉得这个景象很有画面感，也很有寓意。高树倚着高楼，暮色欲来，树叶瑟瑟。正欲分神，忽然听到她叫我。仰脸搜寻，在三楼的窗前，她小小的脑袋抵着玻璃，眼里满是不舍。我笑着说"快进班吧"，她说"你开车慢点儿"，抬起一只手，朝我晃两下。我笑着，仿佛把一份温暖高高举起，安放到孩子的心里……

五

高速公路上，车辆风驰电掣，我把车开得又稳又快。远处的斜阳，如粉色的气球，悬挂在原野上。一边开车一边想着心事，希望进到班里的她，能迅速切换心情，在学习中找到快乐，找到安适。

车窗外风景唰唰向后，从地理上与她的距离相去愈远，可一颗心，分明没有丝毫远离。

六

今日霜降,透窗的阳光依旧温暖。呷一口清茶,忽然感觉岁月像一片羽毛,一天天轻盈飞过。唯愿朝着心中的方向,每天都能轻松愉快,趣味盎然……

(高中记忆)

学校门前的路叫什么

我熟悉孩子学校附近的每一条路，孩子初中三年，我在这每条路上都走过，却怎么也记不住校门前的那条，也许每次来去，所有的牵挂和揪心，都不在路名及两边的风景上吧。

我曾无数次伫立在学校大门的铁栅栏之外，看她背着书包笨笨地进去，消失在绿树和建筑群之间，心仿佛也被远去的她带走；或者翘首而望，看她一点点走近，有时蹒跚，有时皱眉，有时兴高采烈，那书包总显得那样沉。

第一次来到校门前，那巍峨的恢宏的大门造型和气度，曾让我肃然起敬，想象着小小的她走进去，必将褪却蒙昧，赢得身心的全面发展与提升。三年了，我的预感没有错。

迎着校门的香樟树多么茁壮，树形和绿色却是那么柔和，是因为浸润了太多的柔情吧？恩师的期待、少年的憧憬，还有亲情的牵挂，这些情绪飘散在校园，滋养着这里的花草树木。亲爱的,有没有感觉校园里的小花小草都比别的地方来得更有灵性,仿佛奇花异草;有没有感觉教学楼之间的一潭碧水里的睡莲是那么动人,小鱼儿是那么欢畅……

教室里的灯光呵,操场的跑道呵,校园里人多和人少的条条的路呵,宿舍门前起伏的小丘上的大树小树呵,你们都记录了少年奋发向上的岁月。他们的欢笑,他们的畅想,当微风拂过教室的窗帘,是否也会将他们一些小小的、不愿为人所知的软弱和委屈轻轻吹走……

今天是领成绩单的日子。对老师的感恩,千言万语化作一次郑重的握手。

孩子有点任性,要和同学出去玩,出去疯,我暂且允从了,却殷勤地提出为她开车,为她吃饭买单,然后看着她和同学兴高采烈地离去,留我一个人对桌再续一杯茶。还有习惯性的顽固的牵挂,努力说服着自己,她总是要独立的,要走出我的视线,走向开阔的天地,留下一个背影,而且背影还会渐渐变小变淡,直至我看不见。

学校门前的路,这条奠定孩子人生坚实基础的、来来去去走了三年的路,到底叫什么呢?

只记得里面绿树融融,鲜花灼灼……

眼耳口手

今日元宵节,清晨6:00起来煮了女儿最喜欢吃的汤圆,然后叫她起床。她吃得很开心。

明天她就要开学了,问她上午的打算,她说需要把10张英语卷子对改了。我建议她先背诵英语短文再对改卷子,磨刀不误砍柴工。

英语老师下发了"寒假背诵大礼包",是七篇历年高考完形填空涉及的英语短文,要求背会。假期里每天早上6:00左右起床诵读,早饭背一遍,白天里再默写一遍。感觉她的记忆准确度明显地提高了。但是一轮下来,第二遍时背诵的倒不如第一遍流畅和准确。我猜想是新鲜感下降导致她的兴趣和注意力都减弱,才会有此结果。今天建议她再读再背,无非是想融会贯通,让这些内容真正留存在她记忆里。

当我收拾完厨房推开她的房门,见她坐在床上,前面一堆被子,上面放了她读的内容,口中念念有词。联想她第二轮背的效果,怪她不能接纳我的建议,眼耳手口并用,我说:"不就是……"她接着说:"不就是懒嘛。"我说:"对,我就是这个意思。"气氛霎时变得生硬,我匆匆上班而去。

心情很差,诸多灰色的情绪缠箍着我的心。焦急、挫败、顾虑,似乎还不止这些,还有许多没有成形、无法言说的灰色,它们让我的心里特别难受,让我的神情拒人千里。

眼耳口手并用,多感官刺激,是提高记忆速度和质量的有效方法,是我应对高考的经验,也得到当下"新新学霸们"的认同,为此我专门在"十点读书"上订阅了李柘远的学习方法,还将相关的内容打印出来交给她,而每每看到她的晨读总是眼对书,书对眼。无数次建议,无数次要求,仍然效果甚微。学习方法的改变对她就这么难吗?难道成绩没有提升空间了吗?与时俱进在哪里,兴利除弊在哪里?还有,只要在家,不管读书写字她总爱在床上,这是她学习的最佳状态吗?

换一个角度思考,从初中阶段开始的新的磨合,使我也撇不开另一种不自信:对她的学习我是否干涉得多了点?我是否真正了解她内心的感受?如果我的言行有些粗暴,是否会影响她的学习自信和兴趣?

前后左右折磨的是自己,我怕她走弯路,怕她受挫折。心情这么难受,其实让她也不舒服,又是何苦?为什么不可以采取别的方式？比如开门见山，直接要求她抄写一遍或者背写一遍；比如春风化雨，先表扬她能尊重大人的意见，然后再要求她眼耳口手并用……好办法似乎还有许多，可我为什么偏偏传递的就是不满、焦虑、生气，诸如这些影响孩子学习状态的负面情绪呢？

为什么会这样？我需要仔细地审视一下自己。

学习是自己的事情，正如人生属于她自己。给她充分的尊重，让她可以从容地选择自己的学习方法，也允许她在实践中尝试各种方法，并承担由此产生的结果，由结果来驱使她做相应的调整，别说时间紧，相对于漫长的人生，挫折教育也必不可少。

眼耳口手归心，在她，应是一种主动的选择。

可是，真的有那么多时间去尝试失败吗？接受一种新的学习方法，真的就这么难吗？感觉我既没有说服她，也没有说服自己。

做妈妈这门功课，为什么这么难？

（高中记忆）

风雨中抬起头

昨天的风有点儿凉,在这暑伏天显得诡异。太阳时隐时现,仿佛在纠结着什么。夜定时分终于下起了雨,透过窗缝偶尔看到一两道闪光,随之传来几声闷雷,仿佛从天国远道而来。

女儿6点准时起床,丝毫没有被风雨阻隔的犹豫,昨晚我们约好一起晨练,我不敢耽搁,拿起一把伞紧随其后。高二女生的信守承诺与果敢,让我仿佛看到多年前的自己,少睡一会儿算什么,努力坚持比什么都重要。

雨下得紧密,积水流出弧形的波纹,顺着坡路漫流而下。有风吹过,清凉中有了一些秋的味道。冒着雨踩着水,我和她手拉着手,她的眼中闪耀着英武之气。

雨哗哗地下,路边的大树上吧嗒吧嗒响,与渠中水的轰鸣声相应和。街上没有行人,只是在那个矮矮的门楼下,前两年还踩着三轮车卖些针头线脑的货郎大爷倚在门框,他应该有八十岁了吧。上年纪的人瞌睡少,早早起床，不知是在看雨，还是在想自己的心事。

穿过村子，路在街的尽头猛然变得陡峭，女儿应该是有点累了，想缩短今天的行程，我说继续吧，看下雨的时候与往常有什么不同。以我的经验，北方的雨即使一时下得大，也不会持续很长时间。边说边拉着她的手，口里开始数着走的步数。刚开始从一数到十，再下来变成十步一报数。数着步数走可以专注于脚下，这是一个让自己坚持锻炼的很有效的办法。它让你搁置困难，从脚下出发。其中暗含的道理应该就是"天下大事，必作于细；天下难事，必作于易"。

雨下得更大了，路面变成了水面，雨滴砸出无数小水花，它们密集地蹦跳着，传递着一种急促的信息。天地间罩着迷蒙的水雾，风刮在身上那么冰凉，闪电和雷声考验着我们的胆量。

偶有汽车驶过，远远地溅起两排高高的水花，间或一两辆摩托车过，却像是件彩色的雨衣飘过，不知雨衣下的人是下夜班匆匆回家，还是有什么重要的事情。

"妈，你能走快点吗？"女儿扭头招呼我，仿佛找到了感觉。我赶紧说："能。"仿佛是为自己打气，也同时是为她打气。在这连天连地的大雨里，虽然打着伞，但是除了头顶，全身都已经湿透。这样的经历对她不仅是一次体能锻炼，更是勇气与意志的磨炼。而妈妈就在身后，妈妈的注视和陪伴，是为了她的每一步都走得稳健。

今天的雨下得酣畅，雨中的我们，也笑得会意。

（高中记忆）

白雨跳珠乱入船

昨日小寒，送她上学的路上，雨挟带着冰晶，在阴霾数日后含蓄而来，在车前玻璃上汇聚成晶莹一片。

"白雨跳珠乱入船"，妞在清醒和睡梦之间忽然来了一句。"这一句好呀，是谁的诗句？""杜甫吧。""那他是在什么情况下写的呢？"问她也是问我自己。"落魄的时候吧。""老杜一辈子好像都挺落魄，连生命的最后时刻也是在一条小破船上。""反正是落魄的时候。"她没有更多的兴趣，始终没有睁眼，此刻又将头扭向了一边。后来我专门查找，原来这句诗出自苏轼，是他在西湖船上的经历。有点感叹孩子的学习，一路冲锋向前，却少有时间坐下来整理归纳，学得有点迷糊。

又是一个雪花纷飞的早晨，雪片如鹅毛般大小，铺天盖地地下。想在雪里走走，考虑着需要拿上一把伞，却发现地上并没有积雪，雪一落地就融入一弯弯浅浅的积水。于是又像往日般驱车而行。大片大片的雪花扑向车窗，少了点轻盈，多了点莽撞，在雪花撞上玻璃的瞬间，能看到美丽的六角形的图案三三两两地组合，只是很快就融化掉了，化作水珠飞散而去，就像热情善良的年轻人，想用火热的胸膛拥抱世界，而世界还他以本来的冷静与理性。

我很想拍下它们飞落玻璃的美丽瞬间，但是在清晨市井的车流里，我无法做到，只能关了耳边的音频，专心地细细品味。想起用来形容雪花很大的句子，该是李白的那句"燕山雪花大如席"。想起李白与苏轼，分别以不同的天才视角，留下千年佳句，穿透沧桑的岁月，温暖和美好着今人的心情。

总有些美好，可以滋养身心，比如眼前的风景，比如千年的诗句，它们都远远好于生活里那些琐碎的得失计较。生活变得简单，我更愿意品一品风景，读一读经典，让心更加澄澈而从容。

澄澈而从容，考试季的孩子也需要吧。

（高中记忆）

保 持 欢 喜

  高一的暑假，延续以往的假期模式，作业多，还要上个辅导班。今天午后 2 点，按约定叫她起床。下午需要温习及做习题，并预习下一课的内容。

  她总是睡得深沉。如果睡眠是一片海，她就是那条沉在最深海底安睡的鱼儿。午睡已多时，叫她了几声，有了一点反应，赶紧去厨房冰箱里拿水果洗好。学习费脑力，营养要跟上。下午的水果是桃子和西梅。她喜欢吃凉的，这些水果已在冰箱里放了一晚上。桃那么大，即使过一两个小时再吃，里面也应该是冰凉的，喜欢看她吃得很香的样子。

  "下午去上瑜伽课吗？"我问她。这个暑假带她一起学瑜伽，她学得很快，很轻松就练了一个月。后来教练外出，停课了 10 天，再练时我和她都感觉有点吃力，今天去还是不去，我心中有点犹豫。

  "不是说好下午放学后去玩滑板吗？"她一边吃着桃子，一边口齿不太清楚地应着。

"有点想去上瑜伽课。"我以建议的口吻说，想让她受瑜伽的影响多一点，比如从技术的角度让心情经常保持平静，更加有助于调整睡眠，等等。开学在即，更觉得刻不容缓，只是这些话没有说出来。

开车去单位，像这个假期许多次一样，我工作，她在另外的房间写作业。

"上午我同学发了条微信，说清华一学生开车超速被处罚。"看她没什么反应，我说话的兴致减了许多，草草复述了在行政复议中，清华高才生以专业知识全面质疑行政执法的各个环节，被问倒的上下级警察最终以撤销行政处罚了事。这本是一个诙谐的笑话，我和她说这件事的目的是希望她多读书，用文化和知识武装头脑，方能在遇事时争取立于不败之地。我平淡地说完，她连一点反应也没有，我有点懊恼，于是说："是不是一说清华你就已经不感兴趣了？"

"你的意思是我认为自己考不上清华，所以不感兴趣吗？"

"对，难道你不是这样想的吗？"

"你真无聊，我说没有你信吗？"

车里气氛凝滞，我的生气指数噌噌上蹿。

"本来为调节气氛，就那么一说，你却丝毫不买账，人家已经递出橄榄枝求和，你倒好，拿起大棒，把轻松的气氛抡到地底下，你知不知道，有时候你让人很不舒服！"

无语。

我已完全生气，拉开继续指责的架势。

她不言语。

车到单位，停车，她开门下车，走在前面。

看着她孤单的身影，有些心疼，有些后悔。我说话她没有反应，也许是在考虑今天玩不成滑板怎么办，也许正在想路上看到的那辆开到栅栏上的奇葩汽车，还有太多的也许，用我经常说的话，也许有一万个可能。如果是这样，我是不是难为孩子了？

这一次情绪的爆发，以孩子的冷处理结束。我有点苦涩，有点无趣。

还是修养不够，不够坦然淡然。其实多大的事啊，生活不就是一种经历嘛，不慌不忙、平平静静往前走就是了。想起佛教"吃茶去"的典故，得道高僧的胸怀是任眼前一切来来往往，只说一句淡淡的"吃茶去"。

思想拐了个弯，竟感觉到了立秋后的清凉怡人，发现蝉声依然嘹亮，绿色依然丰盛。

那些或欢欣或苦涩的内心经历，如一缕缕微风，来去无形，但是它发生过，就在你的生命里，犹如树木的纹理，每一点曲折，都是特定时间里的特定痕迹。

虽说是陪伴孩子成长，又怎能说不是与孩子一起成长？在日复一日的时光里，希望生命之树的纹理，少一些凝滞，多一些流畅，让欢喜的感觉多一些，再多一些。

（高中记忆）

明　媚

一

　　昨天的下午茶，让昨晚的睡眠变得若有若无。当晨曦爬上窗帘，我又累又困却还是不能安睡。
　　女儿邀我出去锻炼。能自己起床还主动锻炼，对她来说巨大的进步，所以我必须起床，以实际行动表达我的赞许。
　　不知何时起，我俩拉手走路的姿势有所变化。以前是我用手掌抓着她的小手，那时我是主动掌控，而现在却是反过来她拉着我，我成了被安排被呵护的那一个。我安享着这些变化，只是心情有些触动，感到有些幸福，因为她长大了，也有一丝酸楚，因为我正一天天老去。

二

"等以后长大了我一定养一只猫,一只狗。"

"我再送你一头大象,还有一头河马。"

不理解孩子为什么那么喜欢动物,可能是他们不知道大人们为了生活已经筋疲力尽,根本没有兴趣和精力再养活别的生命。却不想扫她的兴,追求和而不同,何况已经让步,不再说现在养,是以后自己养,这随声附和的话是一定要送上的。

"你送我一只熊猫吧。"没有理会大象和河马,却说到了熊猫。

"似乎熊猫不让私人交易。"

"熊猫只有中国有,只馈赠不买卖。"她的语气里透着自得。

"熊猫是国宝。"

"所以北极熊觉得自己最该做的事就是熬夜和染发。"

熬成黑眼圈?染出一块块黑?原来是向国宝看齐呀。想着想着不自觉一笑说:"东施效颦会比较累啊。"

"大熊猫是唯一没有天敌,却又把自己搞成濒危动物的物种。"迎着朝阳,她小嘴不停。

我半闭着眼睛像个哲人一样说:"看来竞争不是坏事。"

三

路上有两个遛狗的,人在交谈,狗在欢闹。

她撇撇嘴说:"两只拉布拉多犬,没有一只是纯种的。"

我懒得抬眼去看,却说:你怎么知道?

她说:你连拉布拉多犬都看不出来,《湄公河行动》电影里不是都有,你看那狗多神奇,缉毒高手呢。

"协助缉毒的警犬都是拉布拉多吗?"

"对呀。"

"那拉雪橇的是什么犬?"

"阿拉斯加呀。"

"他们在哪儿拉雪橇?当地的居民叫什么?"

"北极圈之内吧,那不是因纽特人吗?又叫因纽特人。阿拉斯加犬蹄子大走得稳,肠胃也好,是唯一能吃冻鱼的犬类。我再给你讲讲斗牛犬、牧羊犬……"

挺专业的口气。

"这些你都是怎么知道的?"

"小时候你给我买的科学漫画上面都有呀,现在同学们有时候也一起讨论。"

四

"有点想念多米。"她说。

多米是一只可爱的猫。圆圆的脸蛋儿，憨态可掬，一双金色的眼睛透着神奇。寒假来了家里，让她爱不释手，即使为了吃她手拿的正准备投喂的罐头鱼而咬伤了她，都无法减退她对它的热情。

后来多米走了，却一直在她心里有着热度。

"你们家长都比较虚伪，就像你嘴上说不喜欢小猫小狗，却对多米那么好。"

"我们同学家有只美短叫虎妞，刚开始她妈妈说赶紧把猫送出去，或者你和猫一块出去。可是时间不长，对虎妞的爱就超过了对女儿的爱……"

虎妞的故事被她说得绘声绘色，我的兴趣被提升起来，心情也变得温暖而柔软。

五

"我去看过大熊猫吗？"

"咱不是去四川看过大熊猫基地，那次还看了都江堰、九寨沟、乐山大佛。"和她聊着，心里却想着又去九寨沟时，2008年的地震对道路造成了显著破坏，虽然及时进行了抢修，一路顺畅，但自然的伟力留下的痕迹却让人触目惊心。

忽然想考考她："大熊猫都生活在哪里，好像陕西也有吧？"

"大熊猫分布在四川盆地，那里湿热，适合竹子生长，而大熊猫只吃竹子。"

"四川是盆地？那蜀道难怎么说？"

"四川是盆地，是因为它周围多高山。"

"那三山夹两盆地形说的是哪里？"

"那不是新疆嘛。"

"中国政府历史上对新疆的有效管理有哪些？"

"西汉的西域都护……"

高考不远，虽说才高二，但经历过高考的家长，早已将思维主动顺应了对它的准备。

六

走过一段翠竹夹道的路，竹子逐渐被两边果实累累的石榴树替代，我执意要撇开那些电线和树梢，把蓝天白云拍出冰雪消融的大河的形象，于是频频驻足，拍摄着感兴趣的画面。她一直在身边,兴趣不减地说着那些可爱动物的故事,有书上的,有生活中的,对于我不冷不热的反应也表现出很有耐心、很有涵养的样子。

我一边拍照一边问她:"人为什么会喜欢宠物?"

她说:"这叫幼态延续呀,有一次我们考试还考过的。"

"幼态延续",今天听到的一个新词。可是我还是更愿意从人和宠物的关系得到其他的启发,让人们的相处多一丝轻松和情趣。

孩子永远没有成人实际,学业再忙再重,也压抑不了他们对世界的广泛兴趣。

今天是一个明媚的日子,不仅有明媚的风物,还有渐渐明媚的心情……

开 学 了

5：00起床，熬粥、蒸蛋、煎饼。疫情改变了许多原本天经地义的事情，本是处于求学季的孩子在家一呆就是数月。今天，是开学的日子。孩子说要在家里吃，而且要吃得饱一点，不知是对家的依恋还是对我厨艺的认可。

糯米和蜜枣，希望熬出的粥黏糯香甜，以慰分离的不舍和浅浅的哀伤。特意准备了凉开水，希望今天蒸出的蛋羹细腻鲜香，煎饼里材料的配比也要比平时更用心，希望她能多吃一点，到学校的状态也因此会更好一点。

少小离家，太多两地的牵挂。在这个长长的假期，可以时时看到她、听到她、触到她，如同谈了一场甜蜜的恋爱。一日三餐，希望她有所惊喜，端水送果，希望能缓解她学习的疲惫。日子如缓缓的流水，平静得甚至有些雷同，但是我的眼神与她的专注，默契着在合适的时间做合适事情的约定。

她返校的日子缓缓来临，我不想再像前两年那样表现得铁石心肠，而是温和地满足她的一些小愿望。孩子也是很容易满足，散步的时候在你的身边立刻又笑又跳，以至于不小心把手机都抡到了远远的地方。当得知返校的日期定格在明天，惶恐明显在她的语气里闪现。

车窗外美丽的盛夏如诗如画，栅栏上的绿藤绽放着粉色和紫色的花朵，她开着车窗让风儿吹着脸，语气却如哀哀的小羊。我们不说话，只是默默陪着她。

校门外的清晨，家长们被远远地隔在广场之外。人群中她一手推一个箱子，慢慢走着。进校门的时候，有一个同学帮她推一个，她回头向我们扬扬手，并肩和同学消失在我们的视线里……

入夜，睡前，思念如海水涨潮。又降温了，她执意只拿薄被子，会冷吗？

让它随风

在有树的地方散步，偶尔会有一根丝线挡住去路，不确定是不是蜘蛛网，只是单单的一根，在皮肤被碰触到的瞬间，让人产生一丝惊惧、一丝嫌弃。

担忧和累，恰如那一根丝线，在这一星期经过的路上，在忙于各种事物的间隙，不期然就横在面前，缠黏在你的身上，让心不爽。

又到周五，我特意早早起床来到单位，想在上班之前的一个多小时读一会儿书，或者写点什么，哪怕静静地坐一会儿。桌前窗外，朝阳将万物涂上金色。有句话从心里蹦出来：本周都干了点什么？

一片茫然。顺手翻一翻台历，一周页面上只有短短两行字。周一一栏写的是"送卷宗"，周二则是"萱宁考试"。送卷宗说明自己完成了一件工作，那妞妞考试那天干了什么？接下来的几天呢？努力回忆，原来这一周挺忙碌，只不过心情有些灰色。

上个周日送她去学校，有点不欢而散。一段时间来，对她该上学时磨磨蹭蹭不在状态的样子不满，这次终于没有克制住，偏偏她又敏感，我索性直白地表达自己的态度，然后生硬地离开。

其实当时就后悔了。成长中的孩子摸索前行，要面对紧张的学习、性格各异的同学，如何让每一天过得充实高效而又快乐，对她而言实在是一个挑战。作为家长，应该让她轻松前行，最起码在她想起家的时候心里能感觉到温暖，除此之外，我们还能做什么呢？何况两天后她就要期末考试。

这种后悔又担忧的心理，在回来的路上，在晚上休息前，在本周的许多时间，可不就像那根横在面前的丝吗？

在心情灰暗的时刻，唯愿她一到学校立刻就忘了这些不快；希望考试的专注让她无暇想起这些不快；希望她即使偶尔想起来也能明白父母是出于爱，并由此改进自己的学习态度……

今天下午考试结束，将与她在校门口重逢。相信她还是会像以前那样，小鸟般向我扑来，给我一个大大的拥抱。如果她有迟疑，我会以最无瑕的笑容，主动拥抱她。

拥她入怀，是世界上最美妙的感觉，足以让一切忧思随风而去……

（高中记忆）

坦 荡 荡

"妞妞，赶紧订一杯星巴克。"周末返校的路上，姐姐好心提醒，意欲打破车里冰冷的气氛。

每周的这个时候，总是一杯星巴克伴你走进教室，香浓与苦涩，是学习与收获的味道，是家人的安慰和期待，也是精进与提神的加油站。

"不用啦。"我生硬地打断，因为生气又补上一句，"周三就我不来探视了。"我想以这样的方式，给你一个冷静期，让你反省一下，是不是做到了全身心沉浸在学习之中。

学校门口你轻声说"我自己走"，默默取了行李，拒绝往常的相送，头也不回地走了。那轻若游丝的声音，我能听出里面的委屈与倔强。

没有道别，我也生气，踩下油门儿，背向而驰。

太阳依然高照，将刺眼的强光打向滚动的车流，高光与暗影在眼前和心里不断交替闪现。高速公路蜿蜒向前，在山与河之间伸向远方，山的苍茫、河的冷漠，映

331

衬着熙来攘往的人间车流。

眼睛是困倦的，心情是疲惫的。一些愿望，虽孜孜以求，达成仍遥遥无期。一些情感，轻了重了都进退失据。戚戚然，惶惶然，感觉这人生路也像这旷野的高速路，匆忙而又苍凉。

后悔在转身的刹那已经滋生，牵挂与爱怜在生气的同时已经潜伏，于是在百公里的车程里，在推开家门后疲惫里，在拉开毛巾被准备入眠的深夜，在静静醒来的清晨，懊悔、思念、牵挂、祈祷，这些情绪杂糅成一股轻烟在心里袅袅升浮。

也许，当你把手指插向我的头发，说那句"你头发长得好快"时，我应该抬起头对你笑一笑，因为我知道你没有说出的话是我的白发又多了；也许在你把我为你缝的头花捧在手里时，我应该对你笑一笑，告诉你我懂你的珍惜；我想对你说这些我都懂，我都收在心里并被温暖着幸福着，可是在诸如此类的许多场合，我依旧忙碌着，假装不懂，因为我怕我的眼泪被你笑成没出息，也更希望你不拘小节，把所有的精力都用在学习上，去迎接人生中的这第一次大考……

拉起毛巾被盖在肩头，那熟悉的手感让我想起几年前你刚寄宿，执意要把它带到学校，带之前还特意嘱我不要洗，因为你想要留住妈妈的味道。

想起那个清晨,你来到我卧室说,昨天晚上都想来,却怕打扰我的睡眠,你说你做梦了,梦里没有了妈妈,晨曦中有清亮的泪珠在你的眼眶里打转……妈妈可以有诸多不完美,但在孩子的心里却被放在至关重要的位置,一时间我不知道是感动还是羞愧还是幸福,只觉得这人间值得,不曾白来。

亲爱的,我愿意把这人间最美好的都给你,却因为自身的局限,没能给你更好的,在无以复加的纠结里,再次习惯性地翻阅着经典。

"君子坦荡荡,小人长戚戚。"这一句,说的不是我吗?君子心胸开朗,思想上坦率洁净,外貌动作也显得十分舒畅安定;小人心里欲念太多,心理负担很重,就常忧虑、担心,外貌动作也显得忐忑不安,常是坐不定、站不稳的样子。坦荡之人不为事扰,面无惧色依度而行;戚戚之人踧于事,瞻于事,形容枯槁于事,变坏于事。

给你宽松,给你自信,给你期待,为你喝彩,对于即将走入高三阶段的你,这些应该是你最需要的吧。

为了爱你,从不曾停下提升的脚步。今天,就从"坦荡荡"开始。

静修的日子

一段全新的生活。居然可以有时间煲汤。在菜市场，买了一个朴素的砂锅。静静的上午，用上一两个小时，煲一锅两人份靓汤，清淡而温润，让无处不在的陌生，渐渐退场。

北方的隆冬，所处的居室上午10：30的太阳最好。坐在窗前阳光里，看自己的身影随着光阴的脚步移动，顺便把两盆刚买的小花也搬过来。长寿花肥绿的叶片之上是一层密密麻麻的红色蓓蕾，水仙的球茎则刚刚发出一厘米长的白色的根芽，前天买了4条小金鱼，可能由于空间太小，只剩下了一条。它飞一般游动，红色的身体和尾巴像一团薄纱。女孩上学去了，它的陪伴，对我来说也是十分必要的。

晒完了太阳，坐在椅子上翻几页书，冰心的优雅、沈从文的温润，穿过长长的岁月。他们在我的眼前依然是青春的模样。

时光是那么悠长，有时感觉它就像一口深深的井，而我坐在井里，有遁世的逍遥，也有一丝无所依凭的惶惑。曾经做过的事，曾经走过的路，所有的得与失，不愿回首，只做回一个陪伴孩子考学的妈妈。

午后，在太阳下走走。阳光的色彩淡黄、空灵，没有多少热度。行走其间，感觉身子轻飘飘的，有些失重，有些不知身在何处。本能地跺跺脚、捏捏手，把自己拉回现实，对自己一笑。从来没有这么绝对地独处过，存在感骤减，仙风道骨似乎生出了几分。

暮色升起时，到了放学时间，去学校门口和她见一面，听听她说些什么，大致也了解了她整个下午的学习情况。在半个小时的时间内带她喝杯热饮或者去附近的宠物店看一眼，她便满心欢喜，顺便问问她晚自习干什么，放学后干什么，以最平常的语气给些建议，能做的也只有这些了。

前两天起风了，横扫一切，让严寒更有了逼迫人的威力。风停了，月亮又大又圆，悬挂在树梢、在房脊、在高楼的半腰。我与她牵手散步，相比于风起时的狂野，感觉这风驻的夜晚如此安详。

"风起的日子笑看落花，雪舞的时节举杯相约"是一句美丽的歌词，在月下，忽然就想起了它。

放下一切，来到她身边。我有许多不适，时时提醒自己要努力克服。只是希望她这关键的一步，可以走得更稳健。

刷　　鞋

白色与黑色动感搭配，真皮与织物巧妙衔接，女儿的这双运动鞋很酷，很有个性。

清理起来却极有难度，又不忍心送去干洗店或者擦鞋店。

终于下决心，用水彻底洗刷一次。打开温水，用刷子在流动的水下清理内外的浮灰，抹上洗衣粉，用刷子让洗衣粉和污渍深层结合，静置一会儿，积累量变，再轻轻地刷起来。内心里不急躁，手上的动作就轻柔而不间断，一下又一下，污渍重的地方甚至刷了100下。

灰尘是一天一天积累上去的，它们已深入织物的纹理和皮革的细孔，在那里安营扎寨繁衍生息，岂是狂风暴雨似地刷几下能够彻底清理的？既然形成有时间的参与，那么清理它们，也应给予适当的时间。

这样想着，心情越发松弛下来，手上的动作也更有韧性，甚至哼起了小曲儿。既然每个人都不能包打天下，那做好一件细小的事也值得欣慰。就像曾经在阳光里为自己缝补一件并不必需的衣物，享受着温暖，想象着母亲年轻时为我们缝补的模样；也像自己动手为孩子安装一个学习用的木凳，因为经验和力量的问题，装了拆，拆了又装，不知不觉一个下午过去了，心里想着孩子学习时舒适的感觉，内心就累并快乐着一样。

日子，可以轰轰烈烈，也可以静默无声。有时候这两种形式本来就是一个事物的两个方面。很自然就想起了挖山的愚公，他的决心可谓轰轰烈烈，但每日挖山不止，却是一个默默无声的过程。选定了目标，选择了合适的途径，就笃定而愉快地走下去。山可以大，可以挖许多年，但是挖山的每一天却可以过得很快乐，清风可以为他拭去汗水，鸟鸣可以为他解除疲惫，四时更替、每日流光，可以提醒他调整方法改进方案，愚公和他的子子孙孙快乐而充实地行走在通往理想的路上，这种状态连神仙也羡慕起来，于是天帝帮他把山搬走了。

"天下大事，必作于细；天下难事，必作于易。"多年前和三岁的孩子共读《小狗钱钱》习得这句话，备受启发和鼓舞，许多时候都会想起它、用起它，后来才知道它起源于中华经典五千言的《道德经》，饱含前人的智慧，历经数千年，仍然温暖而有力量。

平和的、温柔的、坚持的，这样的状态，有什么是做不到的呢？

女儿的鞋子晒在阳光里，雪白与漆黑结合得那么巧妙，静默中带着动感，就像它的小主人，平日里脚步轻快而又自信，头颅始终昂得高高的……

微 笑 与 歌

　　元旦月考，本是寄予希望的，她却考得不如上一次成绩好。作为家长，我自然焦急，不知道与孩子的感受是否一致。但眼见她近日浮躁，于是我决定约她面对面谈一谈。

　　夜11时，自习后，灯下，面对面。

　　她说和同学聊过了，今后上课少说话，让家长担心是不对的，并为这几周来因此而生的心浮气躁感到自责。

　　次日放假，她在家学习，傍晚的时候我们到小区里散步，她希望可以碰到那几只游走的猫玩一玩，却没有碰到。她提议去河对岸走走，我也同意了。

　　那个风大的夜晚，晚自习后，她和同学就是闲逛到了那里，她说临近考试压力太大，教室气氛太过压抑，就是想散散心，同学有同感，就一起走走，到了河对岸。

　　学校和居住的小区在河的南岸，现在要去的是河的北岸。河蜿蜒悠长,宽度却不过几十米,冬日里窄窄的水面结着厚厚的冰层,两岸的植被光秃秃的。出小区50米向右200米有座桥,过了桥就到了。

沿岸依次陈列着高楼、别墅和幼儿园。隔河相望,我们所居住的楼离得挺近,楼上的灯光清晰可辨。她说那一夜就看见了家里的灯光。只是不知道她看着家里的灯光心里做何感想。

"那棵树在哪儿呢?"她自言自语。我们沿着河边的公路继续往前走,终于看到一颗孤零零的大树,她在那儿一番拍照,然后说:"前面还能走吗?"从她的举动来看,那天晚上应该是从这里折返的吧,由此我的心里生出一丝舒缓。

此刻我回望河对岸家的方向,想着为了给她创造更好的学习条件所做的努力,而她却没有做到我期望的一心一意。所以当她问我前面还能不能走时,我说怎么不能走,她说你怎么又不高兴了。这句话让我干脆不再隐藏自己的情绪,劈头盖脸说她几句,收起了回程所有的语言。

回到家里的桌前,她没有任何表情地说"你知不知道,我最近心情一直不好",本来我就对她这段时间的学习状态不满意,气还未消,她却说出这样的话,让我愕然。"我不想看你总是不满意不高兴的脸色,不想听你对我的命令。"她说得直白,说得绝情,说得我颓然沉默!

我本来是一个简单的人,喜怒形于色。想起有一天面对着镜子打电话,脸色确实是不好看,皱眉,瞪眼,板着脸沉思,已然是我无意识的习惯。

前不久还得了一句"爱生气的人智慧少",觉得有道理,所谓的生气,是自己看不开、处理不好许多事情而已;至于她说我对她的命令,应该是我没有做到与时俱进。孩子大了,不能再像她小时候那样家长拥有绝对权威,应该给她尊重,给她选择的权利。

《人生果实》是一部日本纪录片,讲的是一对恩爱的百岁夫妻的故事。女主人公说过一句话:"从小爸爸教我,女孩子要保持微笑,努力工作。"女主人的一生是幸福的,这与她从小受到的要时常保持微笑的教育不无关系。孩子已然不易,唯家长的温柔的爱与鼓励能帮到她。须提升自己,才有可能做一个相对合格的家长,以期对孩子的学习有益。

泰戈尔有句名言"世界以痛吻我,我却报之以歌",我想把它改为:世界以痛吻我,而我报之以微笑和歌,并以此作为今后行动的指南。

(高考季)

昨夜闲潭梦落花

上午宅家，下午有时外出，日子就像窗外的河水，安澜无波，却也流向分明。外出时会去做些咨询，一些拜访，然而今天下午可以安排给自己。

气温是稳定地升高了，一个上午都开着窗并没有感觉到寒意。阳光不错，决定出去走走。也是这几天的事儿，小区围墙处的白杨树忽然就发芽了，小小的叶芽缀满枝头，给树笼罩上一层若有若无的嫩绿。欣喜于河对岸的几树花开，白的像雪，粉的像霞，远远看去，就像几朵彩色的云。

客居他乡多日，在我是绝无仅有的经历。北方严寒的威力，也是初次领教。当朋友圈里到处是家乡的花红柳绿，春和景明，这里依然是光秃秃、灰秃秃时，我在想这里的春天真的会来吗？而今，它真的来了。

公园人不少，男女老幼，散落在桃花丛、白杨林，徜徉在柔软如丝般流淌的河水的两岸。桃花也如家乡的一般开得热烈，它们簇拥在枝头，或怒放或含苞，有花香在空气里浮动。心情大好。

  这两天我走路多，腿有些疼，就骑着自行车在风景里游荡，虽不似"春风得意马蹄疾，一日看尽长安花"般洒脱，倒是很快在公园里转了两圈。期间，班级群有家长微信沟通英语第一次高考前对学校安排的建议，校方及时回复，这样的互助让人暖心，顺手将刚拍的桃花图片发给提议的那个家长，希望春天的美丽也能够愉悦到她，所谓的"投我以木瓜，报之以琼琚。匪报也，永以为好也"大概就是如此吧。

  回来的路上，有飞机高高飞过。这里应该是一道航线，每天都有好多次航班往来。那个几年来不知为什么喜欢对着天空上的飞机合十许愿的女孩，此刻正在教室里认真学习，一周后将要参加人生中第一次大考。我看到过她多次许愿，每次都那么虔诚，虽然并不知道她许的什么愿。我看着她日日精进，每一步都踏踏实实。

  喜欢依水而居，喜欢清静，喜欢拉着她的手一起散步。每日里都有多次飞机飞过，她也频频合十，那是愿望就要成真的节奏吗？

  虽然这里的春天刚刚开始，家乡的春天已然走向纵深。"昨夜闲潭梦落花，可怜春半不还家。"张若虚的诗句，正契合了我此刻的心情。与他不同的是，我和最亲爱的她在一起,和她最美好的愿望在一起,所以并不觉得天涯羁旅。窗外的弯弯河水,空中的隆隆机声,都是那么美好的陪伴……

纱窗上的晨曦

凌晨2：00，在这个点儿醒来有些意外，昨天是3点，一度努力改善的睡眠质量，这两天急剧下降，足见心情对睡眠的影响。

起床，点亮桌前灯，一茶、一笔、一个人。她将双手轻捂在脸上，仿佛在抚慰某种缺失与惆怅。窗外是无边的暗夜，纱帘的图案清晰可辨。

这些天整理资料，在百度、知乎上搜索，在笔记本上各种标注和归类，除去简单的家务，所有的时间大都用在了这上面。高考报志愿，意义重大，不能不慎重。各个分数段的大学，频频让她心动。虽然小女儿的成绩并不稳定，但是她始终觉得，最终的结果应该不会错。

二模来了，结束了，有一科的成绩先出来，却意外地不好。一时间，希望、憧憬与现实，仿佛冰火两重天，让她无所适从。

微信里与别的家长聊，有许多共同的困惑，沟通让她们都减轻了些压力。然而有些话她还是愿意说给自己。想法变成了文字，缥缈的思绪才会安稳。文字里她说不需要孩子光宗耀祖，也不需要孩子感恩戴德，只是想让她好，有个更好的起点。但是如果这个愿望也变成了对孩子的强求，那绝对不是自己的初衷……

昨天五一节，依然上课，她陪在旁边，孩子课上的表现频频得到老师的赞赏。12点下课，天气晴朗而多风，天空湛蓝而高远，白云朵朵，真想拍一些图片，发个朋友圈，收获同事、朋友的点赞，却不想停下匆匆的脚步。这样的时刻不知有过多少次了，生活的意义仿佛全部聚焦在孩子高考这个点上。

回去的路上，她一边开车一边观察，只见孩子斜靠在车座上，陶醉地看着天上的云，对于整理上午学习内容的建议，只是勉强应了一声。她说一句想吃舒芙蕾，孩子反应却敏感又迅速，立马在手机上搜索并积极地建议。一直以来她觉得她的学习状态，没有做到全心全意，否则绝不是现在的程度。她也见证了孩子学习能力的一步步提高，明白各种能力的获得都需要时间和不断地磨炼。

于是她在午饭后还是没忍住，本来是想轻轻说一些建议，却没有控制好自己的语气和情绪。孩子说得更委屈，一气之下去了教室，留她一个人在清寂的空间深深惆怅。

望子成龙是家长的心愿。教育孩子立志高远有错吗？可为什么总要咀嚼受挫的痛苦？有鸿鹄志也要脚踏实地，能勤奋也需要抓住本质。不以一城一池论成败，不以一时一事论得失，风物长宜放眼量。

孩子借由我们来到世间，而他们是独立的生命。每个人的生活需要自己去打理，因为只有自己最了解自己的愿望和需求，也只有自己能试着摸索出一条道路去达成愿望，不赌气，不懒惰，也不追求一劳永逸。

做孩子前进路上的一个路标或者是一棵树。路标为她提示方向，她可以听从也可以不听从；树可以陪伴她的行程。某一段走错了，或走对了，都默默地陪着她。感受是她自己的，就像生命是她自己的一样。谁又能在别人的生命里包打天下？

你在，你关注，你鼓励，对于孩子的成长已然足够，是最好的营养，是生命故事里最美好的篇章。

思绪如水，在笔端涌流，心中的烦恼在一点点被涤滤。现在是深夜还是清晨？感谢这份深深的安静，感谢温暖的水杯，感谢流畅的书写，心情已然变得澄澈而温暖。抬起眼睛，纱帘上的图案淡了，窗外楼宇的轮廓依稀可辨，新的一天，在晨曦里已然开启。

好 的 开 端

天晴了,窗外的阳光很明媚。

外出走走,空气冷冽而清新。

长河已解冻,缓缓地蜿蜒地向前流淌。河边公路上的杨树,峭拔向天,银白色的枝干缀满花苞,蓄势待发的样子。心想过不了多少天,它们会生出毛茸茸的杨花,密密地挂在枝头,绒绒的,随风微微摇动,像万盏风铃,那是春天的信号。

想起多年前的那个清晨,备战高考已有一段时间。每天准时起床跑步,然后在校园路灯下晨读。冬天太冷,只有跑热了,才能在户外站得住。也不是不能在屋里读书学习,只是我自己喜欢在户外,感觉这样学习效果更好。那一天,照常起床,然后跑步,天微微下着雨,也没有太在意。跑步回来,在学校门口,有杨花轻轻飘落肩头,仰头,高大的杨树就是这样挂着万盏风铃的样子,猛然间想起是春天来了!温暖的、充满希望的、美丽的春天来了!高考的日子虽然更近了一步,但我是有信心的！

  一时间自己被深深感动，感动于春天的到来，感动于自己一直不懈的努力，而那杨花簌簌飘落肩头，是那样饱含诗意，那样浪漫美好！这美好照亮我备战高考的紧张和忙碌，也预示我一定能取得预想的好成绩！特定时刻的记忆，鲜明留存在心底多年，每次一想起还是会被感动，因为生命里独一无二的高考季，有太多的奋斗与期待，有太多的坚韧与毅力，这些，都足以照亮整个人生。

  你，我的孩子，几个月后也将迎来高考。我相信你一定行！

  还记得那个夜晚。夜已深，人已困乏，准备休息时看到你屋里漏出的灯光，走过去，你在伏案做题，最后一道题下是大大的空白，你正准备攻克它。我说累了就休息，你说妈妈先睡。我一觉醒来，不知道是凌晨三点还是四点，看到你的房间还有灯光，走过去才发现，你趴在书桌上，不知道什么时间睡着了。而我睡前看到你最后一题的空白处，却已满满写了大半页，那字体好漂亮，那排版好整齐！一时间我的心情好激动，仿佛焰火在天空盛放！我知道我的孩子是能打硬仗的，我的孩子是能够胜利的！

  在新年的阳光下，我默默想着你一路走来的成长和进步，坚信多年的积累以及当下的准备，你定能旗开得胜。

　　思绪收回，归来，在最冷的日子养起的小花，密密地开出许多金色的花朵，虽然小，却生动而好看。

　　自己的高考季被时光留在远远的数十年之外。此刻变身守望的父母母亲，陪伴孩子走过属于她的高考季，这是生命不可或缺的经历，是成长必不可少的磨炼与考验。

　　正月初四，新年的气氛尚浓，高三的学子已然开学，相信努力终有回报，愿一切顺遂、明媚！

（高考季）

跋

这里，大河蜿蜒，关关之雎美丽的倩影翔集三千年；这里，邙岭逶迤，采薇的歌声穿透历史的云烟；这里，有洛神凌波起舞的洛河，有嵇康谱写《广陵散》时陪伴在侧的邙岭松风……洛水北岸的那片杏树林，存续了有300年？她年年花开，开出半天彩霞，又年年结果，滋养着这片土地的子民。她，杏红，我的同窗挚友，就从这里走来。

或许是刻在基因里的千年记忆，杏红在青春时即酷爱文学，高中时学校成立了文学社，她当选副社长。当年文章，已然才华灼见。她是敏感的，但更是勇敢的。这样的人，终将在今后的人生征途中锐意进取，披荆斩棘。她的发展轨迹也果真是这样的。

多年以来，我们彼此牵挂，一起成长。虽各守一处却在心底相约：更高处见。更高处在哪里呢？于杏红则是彰显在敬业踏实的工作成就里，隐匿在灵动、温柔、平和、睿智的文字处，相伴于平常却不凡的日子里。透过那些清风明月一般的文字，她的才情她的努力，让人可见、可感、可悟。

　　《光阴的脚步》，是记忆深处的感动与美好，是珍惜每一个生命当下的蓬勃之爱，是不困顿于得失之后的平淡与豁达。

　　读《光阴的脚步》，会和作者同获生命的滋养。这滋养源于没有虚度的人生，它将带给我们持久的幸福体验和勇于生活的力量。

高中同窗张娟娟
2022 年 10 月